TIME BENDER

THE MAN WHO CAME TO SAVE THE EARTH

Tijn Touber

タイムベンダー

時を歪める者

タイン・トゥーバー

岩田七生美◉訳

タイムベンダー 時を歪める者

目次

時空を超えた友、ユノに捧ぐ

1　タイムベンダー

〝私は、自らの公的立場から地球外生命体との接触について言及することはできませんが、個人的見解としてであれば「私たち以外にもいる」と断言できます。〟

チャールズ・J・カマルダ　元NASA宇宙飛行士

1974年8月23日、ニューヨーク

ニューヨークのある暑い夏の夜。

ジョン・レノンは、少し外の空気が吸いたくなった。

その日は一日中、ニューアルバム『心の壁・愛の橋』の制作にかかり切りだったし、ちょうど秘書のメイ・パンとの情事を終えたところだったからだ。

彼は何も身につけていないことなどお構いなしに、ダウンタウンにある彼女のアパートのルーフテラスに足を踏み出した。

メイはまだ、寝室で着替えていた。

彼女がピザの注文の電話を切った時だった。

突然、屋上から大きな叫び声が聞こえてきた。

ジョンの声だ。

「メイ、ちょっと来てよ。早く！　ほら、あれ見てよ！」

「ちょっと待って。すぐ行くから」

「ダメだ。今！　今すぐ来るんだ！」

メイは屋上に出るやいなや、口をポカンと開けたまま立ちすくんだ。

彼女の目の前には、リアジェットほどの大きさの巨大な円形の物体が、音も立てずに空中に浮かんでいた。

それはゆっくりと、左方向から右方向に向かって動いていた。

あまりに近過ぎて、石を投げたら命中しそうなほどだった。

「うそ！　ＵＦＯ……」

メイはやっとのことでそう呟《つぶや》くと、思わず息を呑《の》んだ。

その宇宙船は5分間ほど、ただ同じ場所でプカプカと浮かんでいたかと思うと、突然、矢のような速さで空に吸い込まれていった。

「あれは宇宙人のだ！」

ジョンが息も絶《た》え絶《だ》えに、そう言った。

彼はほとんど、崩れ落ちそうになっていた。

「空飛ぶ円盤め」

彼らは政府当局に通報するべきかどうか迷ったが、彼らの生活はそれをするには忙し過ぎた。

それに何より、そのことを派手に報道されるのだけは御免だった。

結局、彼らは友人の一人に警察へ通報してもらった。

数分後、その友人は折り返し電話をくれ、その夜、宇宙船を目撃したという人々からの通報が他にも7件あったことを彼らに教えてくれた。

「嘘だろ、嘘だろ。空飛ぶ円盤を見ちゃったよ」

その日、夜が明けるまでにジョンが口にできた言葉はそれだけだった。

1980年12月9日、アムステルダム

アムステルダムのある寒い冬の朝。

僕はベッドから抜け出した。

階段を降りて、ラジオをつける。

そして、お茶を淹《い》れようとやかんをかけた瞬間だった。

僕は凍りついた。

このニュース・キャスターは今、何て言った？

ジョン・レノンが射ち殺されただって？

僕はラジオに駆け寄り、ボリュームを上げた。

「昨夜、ジョン・レノンが射ち殺されました。ニューヨーク、ダコタビルの自宅前で銃で撃たれた模様です。逮捕されたのはマーク・デビッド・チャップマンという男で、犯行の動機は未《いま》だわかっておりません」

玄関のベルが3回鳴り響いた。

妹のヴェンデラだった。

彼女は泣きじゃくっていた。

僕らは長い時間、ただ抱きしめ合っていた。

数々の思い出が、僕らの脳裏に次々と浮かんできた。

一緒にビートルズを聴いた、すべての場面が。

僕らは彼らと共に成長したのだ。

ビートルズこそが、僕らの若き日のサウンド・トラックだ。

遠くでやかんの音がしていた。

その日、ヴェンデラはずっと僕のレコードの山を引っ掻《か》き回していた。

その間、僕は何回かお茶を淹れ直してあげた。
ちょうどその前の週、僕はジョンの最新アルバム『ダブル・ファンタジー』を買ったばかりだった。
彼女がそれをプレイヤーにのせた。
僕らはそこから流れるジョンの歌声に耳を傾けた。
「ああ、そうさ
生き永らえようと、精一杯やったよ
なのに、破滅の天使は僕をどこまでもつけ回す
けれど、心の中ではわかってるんだ
僕たちが本当に分かれていたことなんてなかったことを
主よ、お助け下さい
僕が、僕を助けてあげられるよう
どうか助けて」
そのフレーズが頭にこびりついて離れなかった。
なんだか彼は、自分自身の身に何が起きるかを知っていたみたいじゃないか。
ジョンを悩ましていたという、その破滅の天使って一体誰なんだろうと、僕はふと思った。

それをすぐに知らされることになろうとは、その朝の僕には知る由《よし》もなかった。

その後の時間は、ただ虚《うつろ》に過ぎていった。

ヴェンデラは夕方近くまで僕の家に居据わっていた。その間、僕らは二人でずっとジョンの曲を聴き続けた。

夕食をすませ、僕は服を着替えた。

僕がテーマ曲を書いた映画のプレミア上映会に出席するためだ。

パーティーに行くような気分には全くなれなかったが、この暗澹《あんたん》たる気持ちを払拭《ふっしょく》するには、いい気晴らしになるかもしれないと思ったのだ。

テュチンスキーは、アムステルダムの中心部にある煌《きら》びやかなアール・デコ・スタイルの映画館だ。

そこに到着すると、メインエントランス周辺は大勢のカメラマンや、プレスインタビューを受けるセレブたちでごった返していた。

僕は気づかれぬよう、そっとそこを通り抜けようとした。

だがその瞬間、カメラのフラッシュが一斉に瞬《また》き出したかと思うと、大勢の記者たちが僕にマイクを突きつけてきた。

彼らは、僕がジョンの死についてどう思うのかを知りたがっていた。

「一つの時代が終わった気がします。夢は過ぎ去った。それが今の気持ちです」
ほんの束の間のことだったが、僕はジョンが彼の人生の大半で感じていたであろう感覚を味わった。
名声の殿堂の中で生きる、という感覚を。
彼はそのすべてに疲れ切っていたんじゃ？
その名声ゲームにうんざりして、逃げ道を探していたんじゃ？
そんな考えが頭を過《よ》ぎった。
メインロビーに向かう途中、突然、ジョンの別の曲が頭に浮かんできた。
彼が最後にレコーディングしたであろう曲だ。
「言えよ、お前は探し求めてるんだろ
誰もお前の名前を知らない逃げ場所を
お前は探し求めてるんだ
忘れられる日を
名声の殿堂の中で
片方の目で
それを認めたくないんだろ
やめてくれ

それを認めたくないんだろ
やめろ、やめろ、やめろ
鏡を見るたびに見るんだ
そこに誰もいないのを」

突然、肩に誰かの手が置かれたのを感じた。振り返ると、そこには年配の紳士がいた。

僕は、その男の目をじっと見つめた。

男は黒いピンストライプのスーツ、白いシャツ、黒い蝶《ちょう》ネクタイ、そしてそれによく似合う山高帽という出立《いでた》ちだった。

彼の黒い瞳には、人を惹きつけて離さない魅力があった。

「ごきげんよう、我が友よ」

ちょっとおかしな儀礼的口調で、彼は言った。

「あなたのお母様《マザー》から、メッセージを託《ことづ》かって参りました」

心臓が飛び出しそうになった。

「何ですって？　母に何かあったんですか？　母は無事なんですか？」

「はい。とても元気になさっておいでです。しかし彼女は、あなたの助けを必要とされています」

「どんな助けでしょうか？　本当に母は無事なんですか？」

「はい。しかし彼女は今、アセンションされようとしています。そのため、もっと光を必要としているのです」

何を言ってるんだ、この男は？

「ええと。あなたは母が危篤状態だと仰っているんでしょうか？」

「そうではありません。ただ、彼女は自分自身を解放しなければならないのです。これまでずっと、自分を抑え込んできた苦しみから」

彼は僕の腕を摑《つか》むと、一斉にロビーに集まってきた群衆から遠ざけるように、僕を引っ張って行った。

「私について来て下さい。映画が始まるまで、あと15分あります。それだけあれば話し終えることができるでしょう」

僕たちは、ロビーの角の一番近くのベンチに向かって歩いた。

彼は僕にそこに座るよう合図した。

「申し遅れました。私の名前はタイムベンダー。あなたのお母様の縁《ゆかり》の者です。先ほども申し上げた通り、お母様からあなたへのメッセージを託かっております。ですが、先《ま》ずはあなたがまだご存じでないいくつかの事柄について、ご説明させて頂きましょう」

「わかりました」

「あなたのお母様は約130億年前に、この世に生を受けられました。彼女はこの宇宙がかつて見たことのないほどの、宇宙で最も美しい惑星でした。もちろん今でも」

「ああ。マザーって……」

笑ったら、体から力が抜けた。

とは言っても、タイムベンダーが話を終えた頃には、もう力を抜いてはいられなかったのだけれど。

「地球《ガイア》は唯一無二の存在です。宇宙のオリジナル・プランナーたちは、彼女をリヴィング・ライブラリー、生きる図書館と呼びました。

なぜなら彼女は、この宇宙に存在し得る、あらゆる生命形態コードを保持しているからです。

それが故に、地球《ガイア》をめぐって多くの争いが繰り広げられてきたのです。

今お話ししているのは、近代の世界大戦のお話ではありませんよ。遠い昔の幾多《あまた》の銀河戦争についてのお話です」

「あの、ちょっといいですか？　あなたは地球を巡って争っている宇宙人についての話を僕にされようとしてるんでしょうか?」

「私がお話ししようとしているのは、銀河の至る所から到来した種族たちについてのお話です。

その多くは太古から存在し、遥か昔からここに住んでいます。最初の人類の登場よりも、ずっと前から。

あなた方が学校でそれを教わってないということは存じております。あなた方は、人類は類人猿のような祖先から自然に進化し、地球上、果ては宇宙における最も知的な種族になったと教えられてきました。

しかし、真実は真逆です。人類は宇宙で唯一の存在でも、最も知的な種族でもありません。そして、自然に進化した訳でもないのです」

「うーん。ええと、つまりは宇宙人の話ってことですよね?」

彼はちょっとガッカリしたような笑みを浮かべて、僕のことを見つめた。

「突拍子もない話だと思っていらっしゃるのですね?

では、銀河には地球の人口と同じくらいの数の居住可能な惑星が存在しているということを、あなたはご存じですか?

それに言うなれば、人類も宇宙人です。人類は遠い昔、地球外種族たちによって種付けされ誕生したのですから」

「種付け？」

「あなた方は創作物なのです」


話がどんどん〝トンデモ〟になってきた。

僕はこの男の話を聞き続けていいものかと、疑問に思い始めていた。

なんで、この男は僕にこんな話をするんだ？

彼は僕の心を読んだのか、僕を落ち着かせようとするかのように、こう言った。

「どうか最後までお聞き頂けないでしょうか？　この与えられた短い時間の中で説明し終えることができるよう、力の限りを尽くしておりますゆえ。

リヴィング・ライブラリーは銀河系の実験地として、太古に設置されました。その実験には、ほぼすべての種族たちが参加していました。それは非常に稀《まれ》なことでした。植物、動物、そして人間の形態に成長し発達するもの、実質すべてのものが、宇宙全域からこの惑星に植え付けられたのです」

「人類はＥＴによって創られたって言うんですか？」

「そうです。しかし、人類という種族はとても特別な存在です。にもかかわらず、自分自身ではそのことを忘れてしまっている。

私たちは人類のことを、ロイヤル種《しゅ》と呼んでいます。人類のＤＮＡは、完全なるポテンシャルを内に秘めるものだからです。人類は宇宙のほぼすべての種族の遺伝子を受け継いでいるのです。プレアデス人、オリオン人、リラ人、シリウス人、アヌンナキ、ベガ人、アンドロメダ人、レプティリアン、グレイ。人類は全宇宙の生命体コードを宿していると言えましょう。故に、人類は特別なのです」

「それらのコードの、何がそんなに特別なんですか？」

「コードとは、リヴィング・ライブラリーをアクティベートするために必要なものであり、あなた方自身の覚醒とポテンシャルを最大限に引き出すためにも必要とされるものです。だからこそ今、全宇宙があなた方を見守っているのです。人類が次はどうするのか知りたいと、宇宙のすべての存在たちが注目しているのです。

地球《ガイア》は、これまでの争いと破壊の呪縛から彼女自身を解き放つため、自身の周波数を上昇《アセンション》させる必要がありました。

地球《ガイア》がアセンションしていくにつれ、地球上のすべての存在たちもアセンションし始めています。

地球《ガイア》は現在、第3密度の現実から第5密度に移行しようとしています。その目的達成のために、地球《ガイア》はより多くの光を必要としているのです」

「あの、すみません、話がよく見えなくて。密度って何のことですか？」

「密度とは帯域幅《たいいきはば》、現実世界の周波数のことです。現在、地球に住むあなた方は、第

3密度の現実世界にいます。つまりそれは、あなた方はその周波数だけしか知覚することができない状態にあるということです。ラジオやテレビに、あなた方が合わせたチャンネルが映し出されているようなものだとお考え下さい。想像をはるかに凌《しの》ぐほど多くの周波数が存在しています。でもあなた方が今以上に進化し、それらの波長に合わせる方法を習得しない限り、あなた方にはそれらを体験することができないのです」

「で、そのために僕たちには、もっと光が必要であると？」

「その通りです。より多くの光が地球の大気中に届くことにより、オリジナル・コードをアクティベートすることができるようになります。それによってあなた方のＤＮＡが活性化され、それらの配列が再編成されるのです。あなた方は自分たちの偉大さを思い出し、生きながらにして〝約束された宇宙の未来〟となることでしょう」

いつのまにか僕たちの周囲には、人が溢《あふ》れかえっていた。

タイムベンダーは周囲の話し声で自分の声が聞き取れなかったのか、僕のほうへとどんどん体を近づけてきた。

そして僕の目をじっと見つめながら、話を続けた。

「あなた方は、人類が次はどうするか？　ということが、すべてのスター種族たちにとって極めて重要な事項であるということを理解しなければなりません。あなた方が次のレベルにアセンションし、あなた方自身、並びにこの惑星と調和しながら生きる方法を学び取ることができるか、もしくはリヴィング・ライブラリーに破滅をもたらし、石器時代に戻され輪廻《りんね》を繰り返すのか？　そこが問われているのです」

「うーん、そうですね、もしそれが僕の決断次第であるとしたら、僕はアセンションするほうを選びますけどね」

「あなたがそのような捉え方をされていることを、うれしく思います」

ボーン、ボーン、ボーン。

劇場のチャイムの音が、僕たちに時間のことを思い出させた。

残り5分。

「あなたが知っておかねばならないことが、もう一つあります。あなた方のアセンションには、恐ろしく巨大な抵抗勢力が存在するのです。

破滅の天使たち。彼らはそれを阻止しようと、自分たちの力の及ぶ限りの、ありとあらゆることを実行に移し始めています」

「破滅の天使ですって？　あなたはジョン・レノンが彼らについて書いていたことをご存じなんですか？」

「もちろんです。だからこそ今夜、私はあなたの元を訪れたのです。すべての物事には、神の思し召しのタイミングというものがあります。あなたは、これからそれを見ていくことになるでしょう。

破滅の天使たちは、創造主との関わりを断たれた存在です。あなた方には彼らを見ることはできません。彼らは、あなた方がまだ知覚することができない次元に存在しているからです。

しかし近いうちに、彼らの存在は露《あらわ》になっていくことでしょう。地球《ガイア》が次のレベルにアセンションすると、あなた方は彼らのいる4次元に入ります。その時あなた方は、あなた方を何千年もの間、抑圧し続けてきた闇の者たちの存在を目《ま》の当たりにするでしょう」

「あなたが言っているのは、もしかしてイルミナティのことですか？」

「彼らには多くの通り名があります。イルミナティは破滅の天使たちの、数ある総代グループの一つにすぎません。彼らが得たいもの、それは完全掌握《トータル・コントロール》です。彼らは創造主と一体になることによってではなく、他の生命を彼ら自身に吸収することによって一元化する道を探究しているのです」

「寄生虫のように？」

「まさしく。ちょうどあなた方が食料や衣類のために作物を耕作し、家畜を飼育するのと同じです。彼らは人間を飼育しているのです。彼らはあなた方から収穫した霊魂のエネルギーによって、生き長らえているのです。あなた方が恐れの状態にある時、あなた方は彼らの食料なのです。あなた方をその恐れの状態に置いておくために、彼らが世界情勢を決め、それを命じているのです。彼らにとってあなた方は、思い通りに操り、利用することのできる牛なのです」

僕が相当ショックを受けているように見えたのか、彼は目を細め、僕の腕をそっと撫《な》でた。

「そんなに恐れる必要はありません。深刻な話に聞こえるかもしれませんが、一方でそれは、素晴らしい機会を提供してくれるものでもあります。そこから抜け出して、ゲームを変える方法もあるのです。でもそれには、あなたが時間の歪《ゆが》め方を会得することが不可欠なのです」

ボーン、ボーン、ボーン。

タイムベンダーが更に僕に体を寄せて来たので、僕には彼のキラキラした二つの瞳しか見えなくなった。

その二つの瞳にじっと見つめられると、僕は目を逸らすことができなくなった。

「地球《ガイア》が周波数を上げるにつれ、破滅の天使たちは捨て身の行動に出始めました。現在、彼らは最後の悪あがきの準備中です。世界中に衝撃を与える災禍《さいか》を起こし、その時に救世主《メシア》として降臨しようとしているのです。

彼らは天から降り立つ神を騙《かた》り、救世主《メシア》を装うでしょう。人類が本当に長い間、待ち望んできたものとして。

もしあなた方がその罠に嵌《はま》ってしまったとしたら、あなた方の世界は彼らに完全に乗っとられてしまいます。リヴィング・ライブラリーにアクセスする道は断たれ、平和的アセンションへの希望は消え失せるでしょう」

群衆が客席に移動するにつれ、ロビーは人が疎《まば》らになってきた。

だが、タイムベンダーの話はまだ終わっていなかった。

「これからお話しすることを、しっかりとお聞き下さい。

リヴィング・ライブラリーをアクティベートするためのコードは、遠い昔、ある秘密の場所に隠されました。あなたのお母様の手によって。

彼女にはわかっていました。いつの日か、彼女がその者たちをアクティベートする日が来ることを。それ故、彼女はその者たちに危険が及ばぬようにしなければと考えたのです」

「彼女はそれを、どこに隠したんですか？」

「あなたの中にです」

「僕の中に？」

「あなた方、全員の中にです。そして彼女は、あなた方がそれらをアクティベートすることを望んでおられるのです」

「そう言われても……」

「この話のすべてを、今すぐにご理解頂けるとは思っておりません。しかし、これだけは心しておいて下さい。あなたがすべき唯一のこと、それは、もっと光を創り出すということなのです。そのため、あなたのお母様はあなたに、光の輪を作るよう要請されました」

「どういう意味でしょうか？」

「それは私《わたくし》にもわかりません。私は、ただの使者《メッセンジャー》ですので」

彼は立ち上がると、僕に手を差し出した。

「貴重なお時間を頂戴し、心より御礼申し上げます。あなたが無事に任務を全うされることをお祈り致しております」

「僕の任務？」

「はい。あなたは準備を怠ってはおりませんでした。あなたはよく鍛えられています」

「よく鍛えてるって？　何をですか？」

「忍耐力です、我が友よ」

ボーン、ボーン、ボーン。

2 サルバドール・ダリ

〝そして雲に頭を突っ込んで、夢ごこち。UFOの奴らが笑い合ってるのが見えるよ。「ヘッヘッ」奴らは言う。「あいつら、すげえビビってやがる。絶対やらかすぜ、ヘイ！」〟

ジミ・ヘンドリックス　ギタリスト、シンガーソングライター

5ヶ月後。
僕はバルセロナへの機上にあった。
僕には音楽シーンとの断絶が必要だった。
あの映画の主題歌は、オランダで大ヒットした。
そして、何かが狂った。
僕とバンドメンバーたちは、ほぼノンストップでツアーに出ていた。
レコード会社の連中は常に、僕を肩越しから見張っていた。
そして僕がまた〝キャッチー〟な曲を書くのを、手ぐすね引いて待っていた。

ここしばらくは、音楽を楽しむことを取り上げられたような、そんな気がしていた。

僕が初めてギターを弾いたのは、10歳の時のことだ。

それ以来、僕とその気の置けぬ楽器《とも》がつるんでなかった日のことなんて、思い出そうと思っても思い出せない。

子供の頃は、ギターを持って行けないなら家族旅行には行かないと言って、いつも駄々をこねていた。

もちろん毎回、激しい親子ゲンカになった。

車には、いつも限界まで荷物が詰め込まれていたのだから。

でもいつだって、最後には僕の言い分が通った。

無二の親友と僕を引き離すなんてむご過ぎること、誰にもできるわけがないのだ。

スペイン北部に、昔よく両親と訪れた小さな村がある。

その村はカダケスといって、美しいビーチやシュノーケリングができる岩場があった。

多くのミュージシャンやアーティストたちも、よく訪れる場所だ。

僕が予約したホテルは、その村にあった。

すべてのことから逃《のが》れたかった。

そしてただ、ギターと戯《たわむ》れたかった。

〝キャッチー〟な何かのことなど忘れて。

そのスペイン行きの機内で、隣の席に座っていた男が、僕のことを何やら妙な面持ちで見つめていた。

まるで、何かを思い出そうとしているかのように。

「どうかされましたか？」

「あのー。ひょっとしてあなたは、あの映画のタイトル・トラックを書かれた方じゃ？」

「ああ、はい、そうですが」

「どうも。僕、フランクっていいます。

僕はあの曲が本当に大好きなんですよ。すごくキャッチーで、クールなギター・リフがちりばめられてて」

「そう、ありがとう、フランク。

でも僕は今、ちょうどその〝キャッチー〟からの逃避行中なんだ」

「はは、そうだったんですか。

確かにそれだけだと、ただのマーケティング・ビジネスですもんね」

フランクもギタープレイヤーだという。

僕らはお互いの好きなミュージシャンについて、軽く談笑を交わした。

ジミ・ヘンドリックスは、二人共のリストの上位にあった。

フランクは、ヘンドリックスについてのことならなんでも知ってるといった体《てい》だった。

ヘンドリックスが、ロンドンでのエリック・クラプトンとのジャムセッションをギターだけ借りてすっぽかした時の裏話はとても面白かった。

ビートルズがヘンドリックスのコンサートを見に行った時の話もしてくれた。ちょうど彼らのアルバム『サージェント・ペッパー・クラブ・バンド』がリリースされた直後だった。

ヘンドリックスはそのアルバムのタイトル曲でコンサートを開始すると、熱狂のあまり、最後までやるのかという勢いで、延々とそれを演奏していたという。

「知ってました?」

ヘンドリックスのギター・スキルについて散々二人で分析した後に、フランクが言った。

「〝これぞヘンドリックス〟っていうような彼のギグでは、頻繁《ひんぱん》に超常現象が起きていたって。UFOが来たことだってあるんですよ」

　僕は信じられないといった面持ちで、彼を見返した。

「本当？　なんだか奇妙だな。ちょうど僕は数ヶ月前、地球外生命体《ET》についてのすべてに精通してるって感じの男と話をしたばかりなんだ。で、その男は僕に、ETが人類の創生に大きな貢献を果たしたって言ったんだよ。さも当然のことだと言わんばかりにね」

「へーえ。まあ人類はともかく、彼らがジミ・ヘンドリックスの創生に大きな貢献を果たしたっていうのだけは間違いないですけどね。彼らの介入がなければ、おそらく僕たちは彼の名前を聞くことすらなかったでしょうから」

「介入？　どんな？」

「カーティス・ナイトという男の名前を耳にされたことは？」

「ああ。ジミが有名になる前にいたバンドのボーカルだよね？」

「そうです。ナイトはヘンドリックスと何度か驚くべき体験をしているんです。ETとの遭遇も含めてね。

　彼がウッドストック近辺《きんぺん》での、ある夜の出来事について語っているんです。

　大雪の中、バンドのメンバーたちがギグから車で家路についていた時のこと。ひどい吹雪に見舞われ、彼らのバンは立ち往生してしまいました。車内の温度を保とうとしたものの下がる一方、このまま凍死するんじゃないかと、ナイトが恐れを抱いたその瞬間！」

「何が起きたの？」

「突然ハンドル越しに、何かが車の前の雪を照らし出すのが見えたんです。その光はとんがり帽子のような形の物体――ナイトはそれが地球外のものだと信じていますが――から発射されていました。

ナイトがパニックで気絶せんばかりだったのに対し、驚いたことにジミは全く動ずることなく、その姿はまるで、宇宙船から姿を現した存在とテレパシーで交信しているかのようでした。

その存在は、歩くというより滑っているように動きまわる、切れ長の目をした黄色っぽい奇妙な生物でした。それが行くとこ行くとこ雪は解け、彼らを猛吹雪の包囲から解放してくれたのでした。

そして、ナイトが一目散に逃げ出そうとありったけの力でアクセルを踏み込んだその瞬間、その宇宙船も飛び去って行ったんですってさ」

「お客さま、ランチでございます」

キャビンアテンダントの声がした。

食事に集中するのは難しかった。

ジミの冒険と、彼と宇宙人のつながりについてもっと聞きたかった。

「フランク、ヘンドリックスには、他にもそういう遭遇体験があったの？」

「聞いた話では、彼とその弟は子供の頃に、シアトルの家の寝室の窓から宇宙船を見たことがあるそうですよ。僕は、幼いジミの何かが開花したのはその時だったんじゃないかと思ってるんです。

あと、フラッシュ・ゴードンっていう初期のSFヒーローにハマり過ぎて、しばらくの間、自分のことをバスターと呼ぶよう周囲に強要していたこともあったそうです。そのキャラクターを演じたのがバスター・クラブという男だったかららしいんですが」

「フラッシュ・ゴードンって金髪の巨体じゃなかったっけ？」

「はは、ですよね。でもジミには、そこはどうでもよかったみたいですね」

「他にもETと会ったことがあるミュージシャンがいるか、知ってる？」

「エルヴィス・プレスリーは、どうやら生涯にわたって宇宙人との交流があったようですよ。彼が生まれた時に、宇宙人たちが立ち合っていたっていうんですから。

エルヴィスの父親が分娩中の午前2時頃、タバコを吸おうと外に出て空を見上げると、そこに奇妙な青い光が点滅するのが見えたそうです。彼は、何か特別なことが起きてるのがわかった、と話していたそうです」

「もっと聞かせて」

「ミック・ジャガーは、葉巻型のマザーシップを目撃したことがあるそうです。彼が当時のガールフレンド、マリアンヌ・フェイスフルとグラストンベリーでキャンプをしていた時のことです。

その一年後、アルタモントでのコンサート中に二度目の目撃をした彼は、自分の家の敷地内にUFO探知機を設置したそうです。彼にとって、それらの体験のショックは、それほど大きかったんでしょうね」

「その話が俄《にわ》かには信じ難いのは、ミック・ジャガーがUFOを見たせいなのか、彼がキャンプをしてたせいなのか。よくわかんないな。ちなみに、UFO探知機って何なの?」

「僕もよくは知らないんですが、たぶんレーダーシステムみたいなものじゃないですかね。そういえば、アメリカの軍事基地のレーダーが頻繁にUFOをキャッチしているっていう話は、知ってますか? 実際、しょっちゅう映ってるらしいですよ。彼らは特殊なUFOフィルターを持ってるんです。本当ですってば!

でもUFOが画面に表示されたからといって、それで何ができるっていうわけでもないので、結局見なかったことにされちゃうんだそうです」

「ってことは、世の中の人の大半が、ＵＦＯなんて本当にいるのかな、なんて言ってる間に、軍にとっては日常茶飯事になってたってわけか。それ以外にも、ＥＴとコンタクトを取っているミュージシャンを知ってる？」

「ええ。キース・リチャーズもですよ。彼はサセックスのレッドランズの自宅にＵＦＯが降りて来たと確信してるそうです。彼はＥＴが人類の始まりと何かしらの関係があるっていう話も信じているらしいですよ」

「デヴィッド・ボウイは？」

「もちろんですよ。決まってるじゃないですか！　彼は子供の頃から数回にわたってＵＦＯを見てますよ。彼の前妻アンジェラも、彼と一緒に目撃したと言っています。二人が空に宇宙船を見たのは１９７４年、デトロイトに車で向かっていた時のことでした。その日、あるテレビ局が、デトロイトでＵＦＯの墜落事件があったことと、墜落機の内部から4体のエイリアンの遺体を発見したことを報道していたそうです」

そこにアナウンスが流れてきた。

「ご搭乗の皆様、機長はシートベルト着用サインをオンにしました。まだ着用されていないお客様は速《すみ》やかにお締め下さい。機内持ち込み手荷物を前の座席の下、または頭上の荷物棚にお入れになり、お席に戻られました際は必ず、シートベルトをお締め下さい。また、お座席のリクライニングとトレイが元の位置にあることをご確認下さい」


僕とフランクはそこでお別れを言い、その4時間後。

僕はカダケスの町まで、レンタカーを走らせていた。

ホテルでチェックインをすませた僕は、町の中央広場にあるバーの一つで、寝る前に一杯引っかけることにした。

ちょうどビーチの正面にある店だ。

ロスタルという名前の、生演奏で有名な店だった。

演奏していたのは、眩《まばゆ》いばかりの若い女性だった。

ギターを弾きながら、美しく物哀しげな歌を歌っていた。

彼女の声はジャニス・ジョプリンを彷彿《ほうふつ》とさせた。

彼女の歌の言葉の意味はわからずとも、その歌声は僕の心にまっすぐに突き刺さった。

途中休憩の時間に、僕は彼女に心からの賛辞を送った。

彼女、アナは、歌っていたのはスペインのこの地方、カタルーニャの民謡だと教えてくれた。

その後も歌を聞き続けていたが、だんだんうとうととしてきた。

長過ぎる期間の短過ぎる睡眠による疲れが、急激に襲ってきたようだ。

ジントニックは、眠気覚ましには効かないみたいだった。

道を辿《たど》ってどうにかホテルまで帰り着くと、僕はそのまま深い眠りに落ちていった。

そして僕は夢を見た。

夢の中では、ギターを持った女の子が宇宙船の中で物哀しい歌を歌っていた。


次の日の朝。

僕はビーチで朝食を摂《と》っていた。

クロワッサンとコーヒーが絶品だった。

僕は徐々にリラックスしてきていた。

海を見渡すと、夜釣りから戻って来る漁船の群れが見える。

その後ろを、船から小魚が撒《ま》かれるのを待つカモメの群れが追っていた。

僕はビーチを散策して、ギターを弾けるイイ感じな場所を探してみようと思い立った。

フランクとの会話に触発されたせいで、知っているヘンドリックスのギター・リックに磨きをかけたくなっていたのだ。

その時、僕はフランクがサージェント・ペッパーズ・ロンリーハーツクラブ・バンドのコード練習に励んでると言っていたのを思い出した。

そして気がつくと、僕はそれを口ずさんでいた。

すると、突然どこからか、僕に合わせて歌う声が聞こえてきた。

「サージェント・ペッパーズロンリー、サージェント・ペッパーズ・ロンリーハーツクラブ・バンド……」

辺りを見回すと、誰かが微笑んでいるのが見えた。

「アナ！」

「ハーイ。私も入っていい？」

「どうぞ」

「一緒に演奏もする？」

「ああ。もちろん」

彼女は自分のギターをケースから取り出して爪弾《つまび》き始めた。

僕は勝手に即興で弾き始めた。

あっという間に、僕たちの音はピタリと嚙《か》み合った。

彼女のどんな曲にでも、すんなりとついていけた。

僕は目を閉じて、自分の幸運に感謝した。

僕は今、太陽の下、ビーチに座って歌を歌っている。

この美しく、才能あふれる女性と一緒に。

僕たちは何時間も演奏していた。

曲の合間に語り合い、笑い合った。

だんだんコーラスを入れるコツがつかめてきた。

そして僕たちの歌声は、ハーモニーを奏で始めた。

僕のスペイン語は全くのでたらめだった。

自分でも何を歌ってるのかさっぱりわからなかったけれど、それは耳にとても心地よく響いた。

ランチとシエスタの時間になった時、彼女は僕を部屋に誘った。


僕たちは、午後の遅い時間に目を覚ました。

彼女が、ショーがあるのでこれからまたロスタルに行くと言った。

「一緒に来ない？」

「いいよ」

「一緒にプレイする？」

「ステージで？」

「そうよ」

「うーん……ＯＫ」

ロスタルまでの道中、僕は少し緊張してきた。

ビーチでは楽しくふざけ合っていたけれど、ステージで演奏を披露するとなると、話は別だ。

それなのに、アナはそれがうまくいくと確信しているようだった。

ロスタルに着くと、彼女はマネージャーを説得し、彼は渋々とマイクをもう一つ設置した。

そして、それは始まった。

音響と観客の食い入るような視線に慣れるまでには、数分かかった。

だが目を閉じた瞬間、音が僕に乗り移った。

曲と曲の合間にアナを見ると、心から楽しんでいるようだった。

僕たちはお互いの中へと溶けて、混じり合っていった。

それは音楽を通じてのメイク・ラブだった。

その夜は大成功に終わり、マネージャーが明日もまたやらないか？　と聞いてきた。

噂は広まり、次の晩は前日以上の大盛況となった。

アナが〝海に行って二度と戻らなかった恋人〟の歌を歌っている間、僕はおそらく〝お母さんの車が壊れて法王が死んだ〟と聞こえる何かを歌っていた。

それが大いにウケて、評判が評判を呼んだ。


僕たちが演奏をした3日目の夜のこと。

一人の奇抜な格好をした男がバーに入って来た。

男は威厳のある態度で人込みをかき分けて行く。

皆が彼の顔を知っているようだった。

そしてその誰もが彼と握手したり、飲み物をご馳走《ちそう》したりしたがっていた。

僕は曲の合間に、彼は誰なのかとアナに聞いてみた。

「カルロスよ。ダリの友達の一人なの」

「ダリって、サルバドール・ダリのこと？　あの画家の？」

「そうよ」

カルロスが僕のことを見ていた。

その目には吸い寄せるようなパワーがあった。

それは僕を少しそわそわさせた。

明らかに、僕を値踏みしている様子だった。

僕は目を閉じ、音楽に集中した。

ショーが終わると、彼がステージに上がって来た。

彼が僕たちに自己紹介した。

「どうも。カルロスです」

そう言って、僕に手を差し出した。

「そして、あなた方は素晴らしいエンターテイナーだ」

「ありがとうございます。グラシアス」

「何かお飲みになりますか？」

「ジントニックをお願いします」

ドリンクが来ると、彼は僕たちを称《たた》えて言った。

「美しいカップルに乾杯！」

僕たちはちょっと顔を赤らめながら、照れ笑いした。

「サルバドール・ダリの名前を耳にされたことは？」

「はい、もちろんです」

「よろしかったら明晩、彼の前で演奏をして頂くために、お二人を彼の家にお招きしたいのですが。いかがでしょうか？」

「ほ、本気で仰ってるんですか？　サルバドール・ダリのために僕たちに演奏してほしいと?」

「はい。彼は時折、そうやってゲストを余興でもてなすのですよ。そういうことが大好きなのです。彼はあなた方の歌を気にいると思いますよ。彼の生まれ故郷の曲ですからね」

「光栄です！　もちろん喜んで演奏をしに伺わせて頂きます。ね、アナ?」

「シ　クラーロ《もちろん》！」

「決まりましたね。それでは明日の夜8時に彼の家の正面玄関の前で、私がお二人をお出迎えします。場所は、街の東の丘の上に行けばすぐわかりますよ」


次の夜。

僕たちは数分早く、ダリの邸宅の門の前に着いた。

僕は持参した服の中で唯一と言えるまともなシャツを着用し、アナはこの日のために彼女のあの絡まった黒い巻き髪に櫛《くし》を入れた。

カルロスが門のところで僕たちを出迎えてくれ、屋敷まで案内してくれた。

僕は自分の状況を理解しようと努めた。

「ここにあるものたちは、最後まで美術館行きにならなかったもの。つまり、とんでもなく価値がある宝の山ってことじゃないか！」

僕はアナの手をギュッと握り締めながら、心の中で呟いていた。

僕がそこで見たものは、いびつな卵、宝石がちりばめられたクマ、溶けた時計の奇妙な彫刻数点と、ヒョロヒョロと伸びた手足を持つ生き物の絵画だった。

ヴィラの中央はパティオになっていて、僕たちはそこでダリと彼の招待客たちと顔を合わせた。

彼は白くて長いガウンを身に纏《まと》い、右手には金色の杖《つえ》を持っていた。口髭《くちひげ》がくるんと巻き上がっていて、とても滑稽《こっけい》だ。

彼の妻ガラは、黒い服に身を包んでいた。

髪には大きなリボンをつけていて、彼女の夫に負けず劣らず素晴らしく風変わりだった。

そこには他にも4名いたが、僕たちには紹介されずじまいだった。

楽器を配置し、アナが歌い始めた。

彼女の持ち歌の中でも最も物憂げで悲壮な曲の一つだ。

ダリは、そのメロディーがすぐわかったようだった。

彼はニッコリ微笑むと、玉座に身を委ねた。

そして時々目を閉じては、その印象的な口髭を弄《いじ》って遊んでいた。

僕は夜空を見上げた。

星が出ている。

これはイカれたマジックだ。

僕は自分に今起きていることが、まだ信じられないでいた。

でも、もう考えるのはやめよう。

僕はただ目を閉じて、音楽を奏でた。


30分後。

カルロスが僕たちに合図をした。

おしまいの時間だ。

僕たちは楽器をしまって、挨拶《あいさつ》をしようとダリのほうへ歩み寄った。

彼はアナの手にキスをし、彼女の髪を撫でた。

そして僕のほうに向き直った。

「あなたはカタルーニャ人の心をお持ちだ」

「ありがとうございます」

「私の作品をご覧になったことは?」

「はい。僕はフィゲラスのあなたの美術館で丸一日、あなたの作品を見て過ごしたことがあります」

「気に入りましたか？」

「はい、とても。あなたの芸術は本当に驚くばかりです」

「私の作品の何がそんなに驚きなのですか？」

「いえ、あの……。えーっと、なんだか夢のようなんです。夢の世界に入り込んでしまったような感じがするというか」

「そう。人生とはただの夢です。溶ける時計の絵をご覧になったことは？」

「はい。あります」

「あれの意味が、おわかりですか？」

「いいえ。わかりません」

「あれは、時間は柔軟だということを表しています。時間は歪むのです」

僕は口をポカンと開けたまま、呆気《あっけ》に取られていた。

「どうして、あなたがそれを……？」

彼は杖で僕の肩をトントンと軽く叩いて、僕がそれ以上話すのを遮《さえぎ》った。

「さようなら、青い目のカタルーニャ人よ。あなたが任務を全うできるよう、お祈りしています」

3　ダディ・ジャンキ

〝あなた方の元首に伝えて下さい。我々は平和目的で来ていると。危害を加えることはありません。

ここではないどこか、未知の領域で、すべてのＥＴがホームに電話《コール》しているよ。〟

コールド・プレイ「エイリアンズ」、アルバム『カレイドスコープ』収録曲

オランダに戻ると、僕はすぐさま人生の追い越し車線に引き戻されていった。

バンドはまた、ツアーに出ることになった。

次はドイツとベルギーを周ることになっていた。

アナに会いたかった。

僕はツアー先のすべての街から、彼女にポストカードを送った。

モニュメントやコンサート会場の前でギターを持って立っている自分のイラストを添えて。

彼女はカダケスやバルセロナから、僕にポストカードを送ってくれた。

そして数ヶ月が経った頃、彼女からの返信はパッタリと途絶えた。

彼女に会いたかった。

彼女がいたから、僕は再び音楽に歓びを見出すことができたのだ。

彼女との演奏は素晴らしかった。

曲はどれもシンプルで、思いのまま弾けばよかった。

そして何も考えず、ただ音楽に身を委ねていればよかった。

そこに固定されたフォーマットはなかった。

入念なリハーサルも、レコード会社の思惑も。

演奏するたびに曲は違っていて、新鮮で新しかった。

彼女は僕に、良い音楽にはテクニックも多くのリハーサルもいらないということを教えてくれた。

そして大事なのは、遊び心と自分をさらけ出すことだと。

僕のバンドは、ホーン隊がいるソウルバンドに進化していた。

僕はしばらくの間、キャッチーな曲の無駄なビートやバイブスを蹴散らすオーティス・レディング気取りでいた。

僕たちは街から街へと、ツアーで周った。

プリンスが、僕たちのバンドのプロデュースに興味を示してくれたこともあった。

音楽と熱狂と享楽の目も眩《くら》むようなきらめきの中で、あっという間に数年が過ぎ去っていた。

でも、僕の心は満たされていなかった。

何かが欠けていた。

それが何かと言われてもわからない。

ただそれが何か、僕の〝使命〟とか〝課題〟みたいなものと関係しているということだけはわかっていた。

たぶん〝もっと光を作り出すこと〟と関係しているのだろう。

でもここしばらくはタイムベンダーに会うこともなかったし、連絡先だって知らなかった。

時々、あれは自分が創作した話だったに違いないと思うことさえあった。

でも、もし仮にそうだったとしても、その〝出会い〟は僕に拭《ぬぐ》い去れない何かを残してくれた。

それは何かのきっかけになった。

でも、何のだ？


ある朝のこと。

僕はリハーサルに行こうと、アムステルダムの街を自転車で猛スピードで駆け抜けていた。

赤信号で止まると、目の中に今まで見たことのない巨大な看板が飛び込んできた。

それはタイムベンダーの大きなポートレイトだった。

写真の下には、二つの言葉が書いてあった。

ダディ　ジャンキ
ちょうどその瞬間、信号が青に変わった。

僕は他の自転車を先に通そうと脇に避《よ》け、もう一度顔を上げた。

看板は、もうそこにはなかった。

えっ？　なんで？

僕は自転車から降りると、携帯を取り出してさっきの言葉を書き留めた。

ダディ　ジャンキ

1週間後。

僕は友人の家にいた。

アーサーはバンドのキーボードプレーヤーだ。

彼は、僕が一緒にプレイするだけで歓びを感じる最高のミュージシャンの一人だ。

彼はとてもワイルドで、予測不能な男だった。

でもなんだか最近、彼は変わった。

流しに堆《うずたか》く積み上げられた洗っていない皿の山、みたいな完全に無秩序な男から、突如として、とても実直な人間に変容したのだ。

アーサー曰《いわ》く、その秘密は瞑想《めいそう》にあるという。

僕は興味をそそられた。

ディナーの間、彼が瞑想を学んでいる団体、ブラーマ・クマリス精神大学について、彼が僕に教えてくれた。

その協会の代表は、ダディ・ジャンキという人物だという。

ビンゴ！

アーサーが言うには、彼女はインドのラジャスタン州にあるブラーマ・クマリスという僧院《アシュラム》にいるのだそうだ。

それは、アラバリ山脈のかなり標高の高い場所に位置する荒野にあるという。

次にすべきことは、もうわかった。

ダディ・ジャンキに会いにインドに行くんだ！

デリー空港への着陸は、とてもスペシャルな体験だった。

なぜだかわからないが、一瞬にして解き放たれたような気分になれた。

インドは信じられないほど混沌《こんとん》とし、貧困と奇妙な風習――例えば、カースト制度やすべての往来を遮る聖なる牛たち――に溢れている。

にもかかわらず、人々は西洋では滅多《めった》にお目にかかることができない程の霊性を放っていた。

インドでは、すべてのタクシーが色とりどりの神々でぎゅうぎゅう詰めの一つの寺院だ。

猿の神ハヌマーン、象の神ガネーシャ、クリシュナ、ラクシュミー、ナラヤン、シャンカール、シヴァ、パールヴァティー、ドゥルガー、ブッダ。キリストまでいた。

ヒンドゥー教は、とても複雑な宗教だ。

多くの土着信仰を取り込んで構成されている。

そこには、中央の権威というものがない。

信者一人一人が、自己の信念体系を確立するのだ。

ヒンドゥー教では、3300万の異なる神や女神が崇められている。

無数の経典、儀式、司祭、僧侶、ヨギ、サドゥー、聖人が存在し、それらがしばしば対立しているくらい、限りない多様性を持つ。

ヒンドゥー教の複雑さを説明するのに、もってこいの話がある。

ムンバイに一人の実業家がいた。

その男はクリシュナの敬虔《けいけん》な信者だった。

ある時、男の前にクリシュナが現れた。

クリシュナは、願いを何でも叶《かな》えてくれるという。

あまりのことにたじろいだ男が、その時かろうじて思いつくことができたのは、ムンバイと自分の娘が留学しているニューヨークの間に橋を架けて欲しい、という願いだけだった。

男の願いを聞いて、クリシュナは黙り込んだ。

しばらくして、彼は言った。

「そのお願いは、さすがに大き過ぎだろ。そんな橋を架けるのがどれほど大変か、わかってんの？　もっと他に望みないの？」

男は、しばらく考えた。

そして、

「私は人生の大半をヒンドゥー教徒として生きて参りました。でもヒンドゥー教とは一体何なのか、未だにわからないのです。

私にヒンドゥー教とは何か、説明して頂けないでしょうか？」

と言った。

クリシュナは、また黙り込んだ。

そして言った。

「で、何色の橋にする？」


次の日。

僕はマウント・アブ行きの電車に乗り込んだ。

マウント・アブは、アシュラムがあるラジャスタン州の小さな村だ。

インドの田園地帯を突き抜けるこの電車に揺られること２日間。

その長旅の間中、僕はずっと開いたドアの前に立っていた。

色鮮やかな光景の数々に驚嘆の声を上げながら。

赤やピンク、オレンジ、青のサリーを川で洗濯している女性。

燃料用の牛の糞《ふん》を集める子供たち。

駅で土鍋に入ったチャイを売っている男性。

マウント・アブのアシュラムに着くと、そこはまるでオアシスだった。

完璧に清潔で、人々は皆、全身白い服を着ていた。

誰もが微笑んでいるように見え、「オーム　シャンティ」と穏やかに声をかけ合っていた。

僕の心は安らぎに包まれた。

ゲートのところで若いブラザーのサティシュが僕を出迎えてくれ、部屋まで案内してくれた。

その道すがら、彼はこんなことを言った。

「この話をご存じですか？　科学者たちがダディ・ジャンキの脳波パターンを測定したのですが、彼らが言うには、それはこの世で最も安定したパターンだったそうなのです。彼女はハードな精神修行をしている間も、常に如何《いか》なる影響をも受けることがありませんでした。料理、食事、講義、演算、会話、そしてなんと、睡眠中にまでデルタ波を出していたのだそうです」

僕の部屋からは、アシュラム周辺の山々の美しい眺望を望むことができた。

遠くのほうには、朝の陽の光で湖面がきらきらと揺れている大きな湖が見えた。

僕はバケツ・シャワーを浴びて清潔な服に着替えると、果物を少しつまんでから、ダディ・ジャンキが講義をするメディテーション・ホールへと向かった。

ホールに着くと、すでにそこは１００人くらいのヨギたちで埋め尽くされていた。

どうやら皆、もう深い瞑想状態に入っているようだ。

この平和的な白い群衆の中に、色褪せたジーンズとオレンジの絞り染めのシャツで入っていくのは、ちょっと気が引けた。

でも幸運なことに、そこにはサティシュがいてくれた。

僕を救うために。

「はい、ブラザー。この白いショールをお使い下さい。ダディがまもなく、こちらにお見えになります」

僕はそこに座って、目を閉じた。

しばらくの間、何も考えないようにしようと頑張ってみた。

それはうまくいかなかったようで、数分後、僕はしれっとした顔で、キョロキョロとホールを見回している自分を発見した。

もっと心穏やかで、ピースフルな人になれたら。

もしタイムベンダーがここにいたら、こう言ったことだろう。

「忍耐力です、我が友よ」

ライトが点灯し、ダディ・ジャンキが登壇した。

彼女は、スピルバーグの映画のＥＴに似ていた。

歩き方が、それとそっくりなユーモラスなよちよち歩きだし、彼女の頭もその小さな体には大き過ぎた。

彼女の目は深く、昏《くら》く、そして鋭かった。

まるですべてのものと、すべての人を同時に見ているような眼差《まなざ》しだった。

そしてETのような長い指を、妙な手つきで動かし続けていた。

彼女は腰を下ろすと、群衆のほうをじっと見つめた。

ゆっくりと一人一人、全員に向かって。

彼女はそれを、彼女の気が済むまで、じっくりと時間をかけてやり続けた。

それはまるで、レーザービームがじわじわと僕に向かって進んで来るような感じだった。

僕は、だんだんナーバスになってきた。

何しろ、僕がこの世で最も不安定な精神を持つ人間だというのがバレてしまうのは確実なのだから。

彼女が僕に目を合わせた瞬間、僕の心はたちまちパニックに陥った。

自分のすべてが見抜かれているような気がした。

僕が慎重に築いてきた、クールなポップスターのイメージは、音を立てて崩れ去っていった。

完全に無防備で、丸裸にされた気分だった。

一刻も早く、ここから走って逃げ出したかった。

それなのに僕は、動くことすらできなかった。

彼女のレーザービームに捕らえられてしまった。

その後に起きたことを言葉で説明するのは難しい。

すべての恐れや不安、そしてコントロールのメカニズムが、一気に消え去ったような気がした。

とても自由な気分だった。

僕は軽くて混じり気のない、至福のエネルギーだった。

そして気がつくと、涙をポロポロと流しながら、ダディ・ジャンキの目をじっと見つめ返している自分がいた。


数分後。

彼女が話し始めた。

「オーム　シャンティ」

「オーム　シャンティ」

ホールにいる人たちが繰り返す。

「オーム　シャンティは、平和の挨拶です。

オーム　シャンティと唱えると、人は心の深いところで、自分が本当は誰であるかということに気づきます。安らかな存在、永遠の魂、肉体の中に生きる閃光《せんこう》であると。瞑想とは、額の中心にある光の星としての魂を体験することを学ぶ術です」

彼女は話すのを一旦止め、自分の言葉が聴衆の心に染み渡るのを待った。

僕は目を閉じて、その閃光を額に感じてみようと試してみた。

「感じましたか？　あなたはこの人生の舞台であなたの役目を果たすために別の世界からこの地球に降りてきた、美しい光であると。それを感じることができましたか？」

僕はその光の一点に集中し続けた。

すると突然、僕は自分が体から飛び出して、地球からどんどん遠ざかっていくのを感じた。

見下ろすと、山、湖、砂漠、都市、そして色んな国々が、段々と小さくなっていくのが見えた。

僕は飛行機のように、雲を突き抜けていった。

すると、別の場所にいる自分に気がついた。

太陽が輝いていた。

もうそこには、境界線はなかった。

それは広々とした平和の海だった。
「それは、再び源《ソース》とつながった感覚です」
遠くからダディ・ジャンキの声がした。
「それは、時間と空間を超える長い旅路の後にホームに還《かえ》った感覚です」
ダディ・ジャンキがいつまで話し続けていたのかはわからない。
僕の耳には、その言葉は全く届いていなかった。
僕は、安らぎと静寂の美しい世界の中にいた。
もうそこから離れたくなかった。
ホームに還ったような気がした。
ダディ・ジャンキは話を終えると椅子から立ち上がり、ステージの前方に歩み出た。
彼女はそこで数分間、後ろ手を組んで立ちながら聴衆を見つめていた。
彼女を見ていると、軍隊を視察する将校が思い浮かんだ。
彼女が放つ威厳たるや、本当に驚愕《きょうがく》に値する。
彼女の目が再び僕の上で止まった。
今度のそれは、かなり長かった。
彼女は壇上から降りると、サティシュを手招きで呼び寄せた。

彼は足早に駆け寄り、二人は何か言葉を交わしていた。

戻って来ると、彼は僕の隣に座った。

「ダディが今日の午後、あなたにお会いしたいと仰っています」

「え？　なんでですか？」

「それは仰いませんでした」

「僕が世界で最も不安定な精神を持つ男だってバレちゃったんでしょうか？　それなのに、あなたたち熟練ヨギたちに交《ま》じって、ここに座ってたから怒られちゃうんでしょうか？」

サティシュが笑った。

「もちろん違いますよ。ダディは厳しく見えるかもしれませんが、とても慈悲深いお方です。私が3時少し前にお迎えに上がり、あなたをダディの部屋までお連れ致します」

僕は腕時計をチェックした。

白い服を買うために村まで走って、髭を剃《そ》って身支度をする。

それくらいの時間は、まだありそうだった。

サティシュが僕を迎えに来てくれた。

そして僕を、アシュラム内のヨギたちの宿舎の区画に案内してくれた。

そこには小さな中庭があり、その中央には祭壇があった。

サティシュは、それが始祖ブラフマーを祀《まつ》った慰霊碑であると教えてくれた。

そしてそこが彼のお気に入りの瞑想場所だということも。

庭の奥の突き当たりに、3つのコテージが見えた。

真ん中のコテージがダディのものであるということは、すぐに見当がついた。

たくさんの人たちがそこから出て来たが、誰もがそれぞれ思い思いの表現方法で歓びを表しているのが一目瞭然だったからだ。

コテージのポーチで、年配のシスターが笑顔で声をかけてくれた。

「ああ、ようこそいらっしゃいました。あなたが例の新しいブラザーですね。どうぞお入り下さい」

サティシュが、健闘を祈るとでも言いたげに、僕を肘《ひじ》で小突いた。

僕は部屋の中へ入っていった。

ダディ・ジャンキは椅子に座っていて、彼女の前にあるクッションに座るようにと、手で僕に合図した。

彼女は声をかけるでもなく、ただ突き刺すような目で僕を見ていた。

僕はそわそわしてきて、即座に言った。

「お招き頂きありがとうございます、ダディ。大変光栄に思っております」

「オーム　シャンティ」

「オーム　シャンティ」

「この挨拶の意味をご存じですか?」

「はい」

「その意味するところを体験しましたか?」

「たぶん、少し」

「よろしい。平和は霊性の成長の礎《いしずえ》です。ダディは、あなたがここで手に入れた平和を西洋に持ち帰り、それによって皆が源《ソース》の状態を体験できるようになることを、そしてあなたがそういう方法で人々を手助けする人になれることを願っています」

「ぜひ、そうなりたいです」

「あなたは善良な心と、たくさんの勇気を持っています。でも、まだまだ修練が必要です。しばらくこのアシュラムに滞在して、瞑想を学んでお行きなさい。サティシュがあなたの良き師となることでしょう」

「ありがとうございます」

彼女はもう一度、僕の魂の奥深くまで入り込むかのように、僕のことをじっと見つめた。

僕の額の光の点に焦点を合わせているのが感じられた。

「ダディは、あなたが人々がホームに還る道を探す手助けをする役割を担《にな》っているということを、もう、ちゃーんとわかっているのですよ。でも、あなたはその前に、あなた自身の道を見つけなければなりません」

「どうしたら、それを見つけることができるでしょうか？」

「瞑想があなたに教えてくれます。神の声を聴く方法を。私たちがシヴァと呼ぶ、光の点を意味する神の声を。神は長い間、あなたに声を届けようとしていたのですよ。でもあなたの回線は、いつも通話中の状態だった。彼はあなたに電話《コール》し続けていたのに、あなたにはそれが聞こえなかった。なぜなら、あなたの思考がそれを塞《ふさ》いでいたからです」

「神が僕に電話《コール》していたですって？」

「そうです。彼はあなたのための計画を、いくつか持っていたのです。でも彼はあなたに電話《コール》するたびに、通話中の音を聞かされる羽目になりました」

「とても悔やまれます。それで神は、僕に何を望まれていらっしゃるのですか？」

「彼はあなたに、もっと内なる炎を燃やしてほしいと望んでいるのですよ。あなたにもっと光を創ってもらいたいのです」

「それは、どうやったらできるのでしょうか？」

「私に聞かずにシヴァに聞きなさい。沈黙を覚え、傾聴を学ぶのです。さあ、サティシュを探し出して、彼に瞑想とラージャヨガの哲学について教えてくれるよう頼みなさい」

彼女は瓶の中に手を突っ込み、僕にお菓子をいくつかくれた。

僕がお礼を言うと、彼女は僕に一枚の紙切れを手渡した。

それには、

「忍耐はあらゆる状況の克服の一助となる」

と書かれていた。

彼女は僕にそれを大声で読み上げさせた。

そしてその間ずっと、僕のことを険しい目つきで見つめていた。

そして、彼女は言った。

「ダディは、あなたがちゃんと瞑想を実践しているか、毎日サティシュに確認しますからね。もしダディがあなたが修練に励んでいないのを見つけたら、ダディはあなたの耳をギューって引っ張りますからね」

4　ボイジャーズ

〝俺は、夜明け前にUFOが星たちの間で鬼ごっこしてるのを何回も見たぜ。〟
モハメド・アリ　ボクシングヘビー級元世界チャンピオン

翌朝4時。
僕は廊下のスピーカーから鳴り響く、ヒンディー語の歌で起こされた。
その歌はアシュラム全体で聞こえるようになっていた。
ヨギたちのモーニングコールの役目も兼ねているようだ。
サティシュが一度、彼らの早朝の瞑想について教えてくれたことがある。
彼らは朝の瞑想のことを、アムリット・ヴェラ、朝の蜜と呼ぶのだそうだ。
後に聞いた話によると、その時間帯が瞑想するのに最適な時間なのだという。
この時の僕に、誰かがそのことを教えてくれていたら。
そしたら僕は今に至るまでの10年間、毎日絶対4時に起きていた！……はずだ。
そして今頃、笑いながら過ごしていたことだろう。

でも僕が実際にしてきたことと言ったら、こうだ。

アムステルダムに住み続けたまま。

ダディ・ジャンキに会いに行くのは年に一度だけ。

そして、彼女によって呼び起こされる胸の奥の切なる想いは、〝ああ、家《ホーム》に電話したい〟。


4時を少し過ぎたくらいにメディテーション・ホールに到着すると、すでにそこはヨギたちで溢れかえっていた。

気温が寒かったので、彼らのほとんどが毛布にくるまっていた。

僕は自分のウールの下着と、サティシュがくれたショールに感謝した。

そしてホールの後方に陣取ると、目を閉じて、額にある光の点に集中した。

「私は魂であり、光の存在です」

僕は自分に向けてそう唱えた。

数分後。

そこになにか、ビリビリするような感触があった。

僕のエネルギーのすべてが、その一点で結合しているような気がした。

そして心のどこかで、そうだと知っていた。

自分の思考が、水平線上の雲か何かのように、どこか遠くのほうにあるような気がした。

なくなったわけではない。

ただ僕はもう、その中にはいなかった。

僕は遠くからそれを眺め、笑っていた。

そして、そんな自分を見ている自分がいた。

僕はハリケーンの目の中にいた。

しばらくすると、それらのイメージも霧のように消え去っていった。

意識がどんどん無に近づいていく。

次の瞬間、突然何か強い存在を体で感じた。

まるで、太陽が身体と心、魂までも、そしてそれらすべての細胞の一つ一つまでをも温めてくれているような、そんな感覚だった。

地球上での重量感を超越し宙に浮かび上がると、体の中に白熱灯のような熱い光を感じた。

僕はその光に癒され、養分補給されていった。

まるで、穏やかな光の海で沐浴《もくよく》しているみたいだった。

45分後、また歌が流れ出した。

瞑想の時間の終了の合図だ。

もう一時間くらいは続けられたのに。

ホールから出ると、ちょうど朝日が山の隙間から顔を出した。

僕はその最初の光を全身で受け止めた。

鳥がさえずり、遠くの木には猿が遊んでいるのが見えた。

なんて、のどかなんだ！


朝食の時間、僕の席にサティシュが加わった。

彼は、まるで光を発しているかと見紛《みまご》うほどだった。

でもたぶん、この在《あ》り様《よう》こそが、彼のナチュラルな在り方なのだろう。

彼がここで特別な存在であるということは、すでに聞いていた。

彼はここで、上格のシスターたちの食事を作る役を託されている。

それは、大変な栄誉だという。

最も有能なヨギたちは往々にして、調理場に見ることができる。

その背後には、すべての者が彼らのエネルギーを食すという考え方がある。

もし彼らが愛を込めて調理するなら、すべての者が彼らの愛をもらい、もし彼らが幸せでないとしたら、誰もが幸せではなくなってしまう、と考えられているのだ。

「初レッスンのための、心の準備はできましたか？」

「待ち切れないです！」

「それはよかった。では朝食を終えたら、中庭でお会いしましょう。その後に特別な場所にご案内します。そこでレッスンをしましょう」

中庭に着くと、そこはすでに活気で満ち溢れていた。

世界中から来た新参者たち（皆ちゃんと白い服を着ている）が、荷物の山と共に、各々の宿舎に案内されるのを待っていた。

トラックいっぱいの食料がキッチンに運ばれ、人々は絶えず拭き掃除や掃き掃除をしていた。

サティシュが笑顔で出迎えてくれ、僕をアシュラムの複合施設の外に連れ出してくれた。

そして僕たちは、ナキ湖へ向かった。

ナキ湖はアシュラムのすぐそばにある、大きなラグーンだ。

そこで観光客たちはボートを漕ぎ、土地の者たちは洗濯をし、賢者たちは聖なる儀式を執《と》り行う。

湖までの道のりを半分くらいまで来たところで、山の頂上まで一直線に続く細いけもの道に入る。

その道を30分ほど歩くと、アラバリ砂漠の壮大な景色を望む頂上に着いた。

僕たちは持参した膝掛けを敷き、そこに腰を下ろした。

サティシュが、遠くを指差して言った。

「あそこは、もうパキスタンです。本当にすぐそこなんですよ。この二国間では定期的に紛争が起きるので、その期間には、ここから銃声を耳にすることもあります。私はここで瞑想するのが大好きなんです。とても安らかで、ある種の特別なエネルギーがある場所です。私たちはここを〝ババの岩山〟と呼んでいます。

さあ、ではレッスンを始める前に少し座禅をしましょう」

彼は遠くのほうをじっと見つめると、静寂の中へと入っていった。

彼は瞼《まぶた》を閉じていなかった。

でも明らかに、彼らが言うところの「恋に溺れる」状態に入っていた。

ここのヨギたちは、瞑想のために目を閉じない。

それは、とても実用的だ。

いつどんな場所でも、瞑想しようと思えばできるのだから。

サティシュは瞑想を終えると、僕のほうに向き直って言った。

「ラージャヨガの背景について少しお話しさせて下さい。ラージャヨガのヨガは結合、ラージャは王または最高を意味します。つまりラージャヨガとは、源《ソース》と至高の状態でつながり一つになるという意味なのです」

「〝ホームに電話《コール》する術〟のことですね」

「はは。それはそうなるための一つの手段にすぎません。〝ホーム〟は確かに、創造主が住む場所ではありますが。

今からその、創造主と創造物が誕生に至るまでの経緯についてお話ししたいと思います。

でもまず最初に、時間とはあなた方が西洋で教わっているように直線的なものではない、ということを理解しておいて頂く必要があります。それは周期的なものなのです。ちょうど季節が春から夏、秋から冬と廻《めぐ》るのと同じです。

時間は、大きな宇宙のサイクルの中を廻っているのです。

では、その時間のサイクルがどのようにして始まり、この世界がどのようにして創られたのかをお話ししましょう」

「お願いします、サティシュ！」

「遥か遠い昔。ここではないある次元に、ある生命体種族が住んでいました。

彼らはとてもピュアな存在だったので、ずっと平和に暮らしていました。彼らの世界は、この世界とは全く異質なものでした。その世界は光でできていたのです。

その生命体をシャ・リグラームといいました。彼らは白熱灯色の光の海に浸《つ》かって住んでいました。そしてその光の中でゆらゆらと泳いでいました。沈黙の海の魚のように。彼らは光でできているとても小さなもの、小さな小さな星のような存在でした。

その安らかな海の真ん中に、想像もできないほどに強く、そしてこの世で一番美しい存在が住んでいました。その存在の名をシ・ヴァといいました。

ある日、一人のシャ・リグラームが立ち上がりました。もうこの場所は面白くない！ 彼らは皆、娯楽や変化や歓喜に飢えていたのです。彼はシ・ヴァにその思いの丈を打ち明けました。

『僕は別の世界を探検してみたいんです』

シヴァは言いました。

『かわいい我が子よ、どこへ行きたいと言うのだ？』

『わかりません。でも探検したいと思えるような世界じゃないとダメなんです。ここは本当に平和です。でも僕たちは忘れてしまったんです。

何かを体験したり、自分たちで最初から創り上げていくという感覚を。それこそが僕たちの望んでいることなんです。そんな場所はないでしょうか？ 僕たちが探検に行けるような場所は』

シ・ヴァはしばらく考えました。その前途に何が待ち受けているかを知りつつも。そして一瞬、躊躇《ためら》った後、彼は彼の果てしない意識の海を限りなく最果てまで観測してみました。

そして一言、こう言いました。

『いいだろう』

そのシャ・リグラームはとても感謝しました。

『ありがとうございます』

『お前たちの望みは恒星や惑星がある物質界でなければ満たすことはできまい』

シ・ヴァは言葉を続けました。

『そういう場所が一つだけある。そこは宇宙の最も辺鄙《へんぴ》な場所にある惑星、お前たちが求めるすべての美しさを兼ね備えた物質的世界。もしかしたらお前たちは本当にそこを幸福な世界に変えてしまうかもしれんな。行くがよい、我が子たちよ。入植地を開拓するのに十分な人数で行くのだぞ。宇宙服《ボディスーツ》も必要だろう。だが心配には及ばぬ。必要なものはすべて私が用意しよう。さあ行くがよい。行ってお前たち自身の幸福を体現するのだ。そしてもし何かうまくいかないことが起きたなら、私に電話《コール》しなさい』

子供たちは目を輝かせました。そしてすぐさま探検隊を編成しました。その数90万強。遠く離れた惑星に入植するためにそんなに集まったのです。

シャ・リグラームはとても進化した種族でした。そのため、彼らは移動のために物理的な宇宙船を必要としませんでした。その高度に発達した思念の力だけで自分たちを光の世界から未知の新しい次元へと転送できたのです。

長く波乱に満ちた旅《オデッセイ》の始まりです。

探検隊《ボイジャーズ》は、それから長い間、彼らの平和なホームに戻ることはありませんでした。

長い長い間。


シャ・リグラームたちは光の海の中をフォーメーションを組んで飛んでいきました。白い靄《もや》の領域に入ると、そこは慣れ親しんだ恍惚《こうこつ》の領域、異次元へのゲートウェイ。彼らは次々とそこへ飛び込んでいきました。時空の世界へと入ると、あっという間に目的地です。

着いたのは中くらいの大きさの惑星、私たちの住む地球に瓜二つの惑星でした。違うのは、そこには未だ誰も足を踏み入れたことがないということだけ。見渡す限りの紺碧《こんぺき》の海と緑豊かな大地、想像を絶するほど絢爛《けんらん》な花々が一面に咲き誇る惑星。

その惑星には周囲をぐるっと大海に囲まれた大陸が一つあるだけでした。そして惑星の回転軸が傾いていたので、いつでも春のような気候でした。

シャ・リグラームたちは惑星の周回軌道に乗って、自分たちの新しい世界を上から見渡してみることにしました。そこは目新しさと喜びに溢れていました。彼らは思いました。

『ここは僕たちの無謀過ぎると思われた夢よりも素晴らしいところかもしれないぞ。これぞパラダイスだ！』

でも、その惑星で生きていくにはまだ問題が残っていました。大気の影響で彼らの機能が妨害され、自分たちの世界でできたことができないのです。テレパシーによるコミュニケーションはより難しくなり、テレポーテーションは物質的要素に阻まれ光の世界のようにはいきませんでした。

ボイジャーズのリーダーが、最初に地上に降り立つことになりました。彼は大気圏に突入する前から、何か彼を引き寄せる力のようなものをうっすらと感じていました。それはホームの仲間のたちからいつも送られていた、心の誘《いざな》いのようでした。彼がその思念の線を辿っていくと、そこにいたのは惑星の表面で笑顔で彼を待ち受ける二人のシャ・リグラームたちでした。彼らはボディスーツを着ていました。そして彼のためにもそれを用意してくれていました。

その、最初に地上に降り立った探検者《ボイジャー》の名を、クリ・シャ・ナーといいます。彼は早速、そのボディスーツを着てみました。そしてその二人のシャ・リグラームたちに、ここで何をしているのかと尋ねました。二人は言いました。『シ・ヴァが君たちには、このボディスーツが必要だったことを思い出したんだよ。だから僕らをここに送り込んだんだ。君らのためにそれを作っておく先発隊としてね。僕らは短期滞在だからすぐに戻らなくちゃいけないんだけど、君らは本当に入植にうってつけの場所を選んだね』

クリ・シャ・ナーはその新しいボディスーツの着心地にだんだん慣れてきたので、それを着ながら走ってみることにしました。そのボディスーツは、ロボットの機体《ボディ》のようでした。でも、それよりもずっと優美で、感触をありありと感じることのできるものでした。それは私たち人間の体《ボディ》と非常によく似たものでした。それが最も純粋なエレメントでできていたことと、誤作動に悩むことが皆無だったということを除いては。

その機体には、人間の体と同じように目が二つ付いていました。クリ・シャ・ナーが座るコントロールルームは、ちょうど眉間《みけん》の位置にありました。そのコントロールルームには超高性能なコンピュータが搭載されていて、それを使うことで、クリ・シャ・ナーはそのロボットスーツをどんな風にでも自分の望み通りに動かすことができました。彼はすぐにそれを上品かつ優雅に乗りこなせるようになりました。

他のボイジャーたちも、その素敵な機体をもらいました。その惑星の重力場にいる限り、彼らはずっとその機体の中に入っていなければなりません。でもその機体は惚《ほ》れぼれするほど美しく快適だったので、それに文句を言う者は一人もいませんでした。実際この物資でできた異空間での乗り物を獲得したことこそが、彼らの探検の中でも最高の贈り物であったということを、彼らは後に知ることになるのでした。

その乗り物のおかげで、彼らはこれまで経験したことのない方法で物事を体験することができるようになったのです。彼らは自分たちが旅に出た時に見つけたかったもの、歓喜の体験を手に入れたのでした。

彼らの幸せは何千年も続きました。光の世界にいるシャ・リグラームたちも、その世界にいる仲間たちからの誘《いざな》いの念をキャッチし、その素晴らしい営みに加わろうと次々とそこへ降りていきました。その数はどんどん増え、当初90万人だった人口は3億3千万人近くにまで膨れ上がりました。

そうなると、王宮はもう少し質素に建てねばならず、金の代わりに銀を使わなければならなくなりました。そして一つの大きな王国の代わりに、いくつかの小さな王国になっていきました。それでも大皇帝の慈悲深い治世の下、すべての国々は平和的につながっていました。

彼らはもう、お互いのことを純粋な光の形で見ることはできませんでしたが、まだ互いシャ・リグラームであると感じることができたので、一緒にいる相手の乗り物のことを気にかける者はいませんでした。

ある日、平和と幸福の全秩序を揺るがすような出来事が起きました。

当時の支配者の一人に、ヴィ・カルムという者がおりました。

ある時、彼は一人のブラザーを呼び寄せてこう言いました。

『君が乗ってる乗り物って本当にきれいだよね』

そのブラザーの機体は女性型でした。

『ねえ、触ってもいいかな?』

それを聞いて、ブラザーは笑いました。

『どうやって触るっていうのさ? そのために機体から出るとでも言うのかい?』

『もちろん違うよ。ただ僕の機体の手の部分を君の機体に触らせてくれればいいんだよ』

ヴィ・カルムの目は、だんだん彼のブラザーの機体に釘付けになっていきました。彼はその姿形、その曲線、その躍動感、その色、そしてその装飾に、ただただ魅了されていたのでした。

事の成り行きを見守っていたそのブラザーは、だんだん嫌な気分になってきました。ヴィ・カルムは、もう彼のことなんかどうでもいいように思えたからです。

ヴィ・カルムは乗り物のことしか話しません。彼は機体がどのように作動するのか知りたがりました。それはどれくらい温かいの？　それはどれくらいの硬さなの？　それは柔らかいの？

時が経つにつれ、他のシャ・リグラームたちも、このボディスーツ型の乗り物にどんどん興味を持つようになっていきました。瞬く間に、お互いの機体で遊ぶことが、数ある遊びの中でも最先端の遊びになりました。それはただ、コンピュータにプログラムされた感知機能を楽しむためだけの遊びでした。でもそのせいで、彼らは徐々に直接的なコンタクトをすることがなくなっていきました。そのうちに、彼らは昼寝をしながら自動操縦で機体を動かす方法まで習得してしまいました。彼らはテレパシーを完全に忘れてしまいました。

ある日、彼らの運命を永遠に変えてしまうような事件が起こりました。ある機体が中にいたシャ・リグラームの誘導なしに、自動操縦モードの状態のまま他の機体に話しかけたのです。コンピュータによる機体の乗っ取りです。中にいたシャ・リグラームは為《な》す術もなく、中に閉じ込められてしまいました。

コンピュータたちがシステムを再秩序化し始めました。彼らは弱体化した主人たちから一体、また一体と、機体を乗っ取っていきました。主人であったシャ・リグラームたちには、その問題に抗《あらが》うためのパワーと、再び主権を主張するために必要な結束力はもう残っていませんでした。ホームから離れていた期間が長過ぎたのです。機体が実権を奪いました。脳内コンピュータは快感の記録の仕方を覚え、さらにそれを拡大したいという欲求から他の機体との接触を最優先にしました。

ボイジャーたちは混乱のあまり、この大規模な乗っ取りに全くと言っていいほど手を打つことができませんでした。彼らは自分たちの権限を強化しようと試みました。そして以前より強欲で怒りっぽく、傲慢《ごうまん》な態度で振る舞うようになりました。

その結果、多くの対立が起きるようになりました。兄弟愛は崩壊し、世界は分裂しました」

サティシュは長い時間、口をつぐんだままだった。

それは、彼が初めて幸福そうに見えなかった瞬間だった。

彼はただひたすら、その不幸な展開に心を痛めていた。

彼は砂漠のほうに目をやると、パキスタンとの国境の方角を見つめた。

そこでは彼の国ともう一つの国との間で、もう長いこと紛争が繰り広げられている。

兄弟愛は崩壊し、世界は分裂した。

「破壊的な思念の力が炸裂し、すべてを粉々に打ち砕きました。すべては足元から崩壊していきました。大陸はバラバラに分かれ、7つの小大陸になりました。すべての王宮が自然災害による狂乱に陥りました。

そんな恐怖と混乱の中、突然シャ・リグラームたちは思い出しました。長い間、忘れていた父のことを。どこか遠くの次元にいる、あの全能にして不滅のシ・ヴァのことを。皆、次々と彼に電話《コール》し始めました。そこでシ・ヴァは、彼らの元へ使者を送りました。

『君たちはホームに戻りたいのかい？』使者が尋ねました。『実際のところ、僕らはここが気に入ってるんだ』彼らは答えました。『でもこの受難を取り除いて欲しいんだ。もうこんなことは嫌なんだ』

時は流れ。以前よりも多くのシャ・リグラームたちが、光の世界からその惑星に降り立つようになりました。

彼らのためにも、機体は作られましたが、もう想念のパワーではなく物理的なパワーによって作られるようになっていました。その頃にはもう、前者のパワーは失われてしまっていたからです。

新参者たちの多くは、まだフレッシュなパワーを有していたので、人気者でした。

一方、長いことここにいた者たちは、すでにそのエネルギーの大半を使い果たしてしまっていました。

新参者たちは古い入植者たちに、ホームへ還る道を思い出させようとしました。しかしほとんどの者はそれを聞いても、それまでのやり方にしがみつき、何もしませんでした。彼らは、そこに長く居過ぎてしまったのです。

そこでの生活は、新参者たちが望んでいたものではありませんでした。そこにはもう、科学もテクノロジーも残っていませんでした。すべては破壊し尽くされ、忘れ去られていました。入植者たちは今やとても貧しく、自然は過酷なものとなっていました。春は他の季節に取って代わられるようになり、中でも冬は過酷でした。一つの連合王国の代わりに多くの孤立したグループや文化ができ、それらの多くが他の存在を蔑《ないがし》ろにしました。

ある時、とりわけ強いパワーを持った一人のシャ・リグラームが、シ・ヴァからのメッセージを持って降りてきました。彼には他の者たちも大きな影響を受けました。しかし彼らは真の意味でそれを理解してはいませんでした。そしてただ、その〝遠く離れた場所にいる父〟の逸話だけが数多く生み出されていったのでした。

彼はイ・シュ・ヴァやヤ・フ・バアという名で、各々《おのおの》の方法で崇められるようになりました。彼らは、〝そのお方〟はすべてを聴き分け、見通すことができる、と信じて疑いませんでした。でも彼がどこに存在しているのかということだけは謎のままでした。肉体《ボディ》がないのにどうやって生きていけるというのか、彼らはもう、それが理解できなくなっていました。

やがて、彼らはシ・ヴァや最初の探検隊リーダーたちの像を建て出すようになりました。今日《こんにち》では、それらの王や女王たちは高次の生命体種族だった、そして嘗《かつ》てこの惑星は、それらの存在たちの超自然的力《スーパーナチユラルパワー》によって統治され、今でも彼らが他の星や領域から感応的な方法でこの世界で起こす事件を決定している、と信じている者たちもいます。

いつかまた、どこかの時点で、それらの存在たちはここに降臨することでしょう」

サティシュが僕を見て言った。

「おそらくあなたは、私が今、言及した部分について、思い当たる節があるのではないでしょうか？　それは今、私たちが生きているこの時代のことなのですから」

「すべての争いは信条の相違によるものでした。そして争いは、その後も絶えることはありませんでした。大規模な戦争が増えていき、入植者たちがボディスーツを破壊し合う数は増していく一方でした。

ある一人のシャ・リグラームはボディスーツを脱ぐことを余儀なくされるたび、光の存在としての己の真のアイデンティティに気づいていきました。でも〝その時〟に至るまでの間に自分の物質的造形にあまりにも執着してしまっていたため、新しいボディスーツを着るたびに、またすぐに真実を忘れてしまうのでした。

光の世界から来る者たちの数は、右肩上がりで増えていきました。誰もが他の者たちの目を惹いたものを見たがり、そこで起こっているに違いないと信じていた感動的なドラマの役柄を自分も演じてみたいと思っていました。彼らは皆、下界で何が起こっているのかが知りたかったのです。

瞬《また》く間に、光の世界には誰もいなくなってしまいました。最高指導者シ・ヴァを除いては。彼はそこを動きませんでした。でも何が起きているかは、すべてお見通しでした。彼は時が来るのを待ちました。自分が動く最も適切な瞬間を。

惑星が闇に包まれ、精神性を失い、すべての希望が失われたかのように見えた時、その時こそが子供たちが再びホームに還る準備ができた時であると、彼は知っていました。シ・ヴァは、ヴィジョンとインスピレーションを通じて、彼らに手を差し伸べました。彼らの夢の中や瞑想の最中《さなか》に訪れ、彼らに真の自己や失われた楽園のことを思い出させようとしました。そして、今着ている衣装を脱いでホームに還る時が来ていると、彼らに告げました。

ところが、彼らが真の自己に目覚め、星の彼方のホームを思い出しかけたのと時を同じくして、悪は最高潮に達し、惑星規模の大戦争が始まりました。

いくつもの爆弾がいくつかの人口密集都市に投下され、入植地全土が煙と灰と共に終焉《しゅうえん》を迎えました。内戦によって壊滅状態になった入植地もありました。そして残りの都市も洪水や地震、その他の自然災害によって全滅したのでした。

こうして、シャ・リグラームたちはようやく機体という牢獄から解放されたのでした。彼らは皆でシ・ヴァの後ろについてフォーメーションを組み、ホームへ飛んでかえりました。


シャ・リグラームたちは、また平和な海の、動きのない輝きの中で暮らし始めました。

彼らは煌々《こうこう》と輝きながら、皆でシ・ヴァの周りをクルクルとまわっています。この場所を離れていたことなんか、皆あっという間に忘れてしまいました。もう誰も、あの過去の激動の出来事の数々のことなど覚えていません。まるで誰もがずっとこうして、ここでただふわふわと浮かんでいたかのように見えました。この動きがなく、なんの乱れもない沈黙の海の中で。

ある日のこと、一人の子供が言いました。『何かが足りない。歓喜を感じたい。別の世界を探検してみたい』父は優しい眼差しでその子を見つめ、ほんの一瞬躊躇《ためら》うと、限りなく最果てまで観測し、ただ一言、こう言いました。『いいだろう』」

5　レーニア山

〝私の数理的な脳にとっては、数字のみで宇宙人について考察するということは完全に理にかなったことです。真の課題は、宇宙人が実際にそういうものであるかもしれない、ということを解明することです。〟

スティーブン・ホーキング　物理学者、作家、元ケンブリッジ大学理論宇宙学センター研究責任者

オランダに戻ってからも、僕はヨギの戒律を守り続けていた。

瞑想のために朝4時に起きた。

瞑想と教義、そして悟りを求め、ラージャヨガ・センターに通った。

前よりも心を落ち着かせ、自分の内側とつながることが難しくなくなっていた。

僕の人生は変化してきていた。

僕はもう大音量の音楽、バンドとのツアー、毎晩のパーティー、そして靴へのフェチズムを満たすことに、それほど興味を持てなくなっていた。

友人たちは変わっていく僕を、ただ見守ってくれていた。

心配する人たちもいた。

「洗脳されてるんじゃないの？」

「なぜビールを飲まなくなったの？」

「何をそんなに深刻になってるの？」

「なんで肉を食べないの？」

だがしばらくすると、そんな彼らも、この新しいライフスタイルが僕に良い影響を及ぼしていることを理解してくれるようになっていった。

それが僕に、自分の内側を深く顧《かえり》みる余地を与えてくれているということも。

僕は同じように瞑想にハマっている新しい仲間たちを作った。

そのうちに、一緒に瞑想しようと、彼らを自宅に招くようになった。

それは大抵、日曜の夜だった。

この夜の集いは評判になり、いつしか僕の家のリビングでは手狭になった。

いつの間にか何人かの仲間たちが、彼らの友人や隣人のために彼らの家を開放してくれるようになっていた。

そして今では、全国の多くの人々が、この一時間の黙禱《もくとう》の時間を分かち合うために自分の家を開放してくれている。

アムステルダムの中心で、瞑想フラッシュモブの主催も始めた。

アムステルダムの名所、国立美術館前の広場に、毎回何百人もの人たちが集まった。

凍るような真冬でさえも。

クリスマスには雪がちらつく中、700人の人々がそこに座り、黙禱を捧げた。

その時のドキュメンタリーが製作され、全国ネットで放映された。

そんな〝ヨギな時期〟の間も、僕の心の片隅には、いつもタイムベンダーがいた。

でも、彼が僕の前に現れてくれることはなかった。

看板の中にさえも。


ある日のこと、彼が再び現れた。

アメリカ西海岸、シアトル。

なぜそこ？ってかんじだ。

それは、僕が友人たちを訪ねて、数週間そこに滞在していた時のことだった。

彼らは皆、僕が幼少期にシアトルに住んでいた頃からの幼馴染みだ。

数日間、悪友たちと何をするでもなくダラダラと過ごした後、少し一人の時間が欲しくなった僕は、お気に入りの場所の一つ、レーニア山国立公園まで車で行ってみようと思い立った。

レーニア山は、シアトルの地平線上にそびえ立つ雄大な火山だ。

そこは、まるで夢の世界だった。

幼い頃、両親と一緒に何度もその斜面を登った。

瑠璃《るり》色の湖、鬱蒼《うっそう》とした松林、一面に咲く野生の草花、雪に覆われた山頂、その景色は今でも心に焼きついていた。

公園には午前11時頃に着いた。

僕は駐車場に車を停めると、モーウィッチという湖へと続く山道を登り始めた。

昼食の後に地図を見返してみた僕は、その時、その湖があるのは、ここからだいぶ離れた隣の山の尾根の向こう側であることを知った。

地図には道のりが示されていたが、それは曲がりくねっていて、かなりの遠回りだった。

僕は尾根を見ながら考えた。

あれを登れないかな？

そこに路《みち》はなかったが、十分いける気がした。

僕は決意を固め、藪《やぶ》の中に分け入ると、そのまま一直線にずんずんと山を登っていった。

1時間後。

やっとのことで尾根《おね》まで辿り着いた僕は、ようやくそこで、これを登り切るには相当本格的な登山スキルを要すのだということを理解した。

いつだって、遠くから見れば簡単に見えるものだ。

集中しろ。息を吸って、下を見るな。

僕は自分に言い聞かせた。

最初のステップまでは割と楽々と歩を進められた。

次のステップに入ると、徐々に難易度が増していった。

摑《つか》まるものが減り、その間隔も広がっていった。

引き返すことも考えた。

でも上を見ると、残りはあと4~5メートルなのが見て取れた。

集中しろ。息を吸って、下を見るな。

僕は慎重に、次のポイントへ足を出した。

そしてその一歩によって、僕はそれ以上どこへも行くことができない小さい岩棚に身を置くこととなった。

次に摑まるものも、足を置く場所もなかった。

……詰んだ。

眼下の深い谷底に目を落とすと、頭がくらくらしてきた。

僕は心を落ち着かせようと深呼吸をし、少し冷静になった頭で、今ある選択肢について考えた。

前には進めない、下に降りるしかない。

でもすぐに、そっちのほうが遥かに難しいことに気づかされた。

打つ手がなかった。

手探りで進んでいくしかない。

手から汗が滲み出す。

小さな岩棚を握り続けている緊張のせいで、手も足も震え出した。

気がつくと、僕は崖を転がりながら落ちていた。

そして目の前が真っ暗になった。


目を開けると、僕は丸太小屋にいた。

暖炉の火が燃えている。

見覚えのある顔が、僕の顔を覗き込んでいた。

タイムベンダー！

何年かぶりのはずなのに、彼はちっとも変わっていなかった。

「ごきげんよう、我が友よ。ご気分はいかがですか?」

「タイムベンダー、何が起きたんですか？　僕は死んじゃったんですか？」

「はは。いいえ、あなたは死んではおりません。あなたが草の上に横たわっていたのを見つけたので、私がホームまで運んできたのです」

「ここは、あなたの家《ホーム》なんですか？」

「地球が私のホームです。紅茶でもいかがですか？」

「はい。いただきます」

「チョコレートも？」

「ヒャッホー！」

彼はテーブルの上にある金色の箱を開けた。

中に入っているすべてのチョコレートの上には、奇妙なシンボルマークが描かれていた。

エジプトの象形文字のように見えた。

「これは特別なチョコレートです。お好きなシンボルのものを一つお選び下さい。滑落からの回復にも役立つでしょう」

僕は太陽のシンボルがついているものを選んで、口に入れた。

それを口の中に入れた途端、何か温かいものが背骨を突き上がっていくのが感じられた。

背筋がしゃんとして、耳から何かがポンと抜けたような気がした。

深く息を吸い込むと、頭の痛みが一瞬にして消え去った。

「おお！　これはすごい！」

「はい。錬金術と言われるものです。私からの、ほんのお礼の印です」

「お礼って？　何のですか？」

「光の輪を作られたことについてです」

「ああ、そのことですか。お役に立てたのでしたら光栄です」

「地球《ガイア》から、あなたに深い感謝の意を伝えて欲しいと託《ことづ》かっております。それと、あなたはとてもセクシーだと伝えておいてね、とのことでした」

「彼女が、そう言ったんですか？」

「ああ！　私は、人々が彼女のことを〝偉大なる母〟だの〝神聖な女神〟だなどと考えていることは重々承知しております。ですが、我が友よ、私は言いたい！　彼女はセクシーです。私が出会った中で、間違いなく最もホットな惑星です！」

僕が熱々の紅茶を堪能しながら癒《いや》しのチョコレートをもういくつか摘《つま》んでいる間、タイムベンダーは満足そうな笑みを浮かべて僕を見つめていた。

彼が自分の教え子にご満悦なのは、明白だった。

でも彼は、自分の教え子が過去の成功に胡座《あぐら》をかくことを許すような師ではなかったようだ。

「ええ、あなたは光の分野において、大変素晴らしい成果を挙げられましたね。この惑星の闇を越えて旅する方法を習得し、他《た》の者たちもそれができるようサポートする方法をいくつも見出しました。

さて、ではそろそろ次の任務の話に移らせて頂くとしましょう」

「次の任務?」

「あなたは光に対して、果敢《かかん》に挑《いど》まれました。次は闇を見出す番です。影から学ぶべきことは、たくさんあるのです。

今から、ダークサイドについてのお話を致します。この話を聞き終えた後に、その新しい任務を引き受けるかどうか、あなたご自身でご判断下さい」

「わかりました」

「あなたはインドでヨギのご友人から、霊魂たちがどのような経緯で高い精神的次元から低い肉体的次元にレベルを下げていったかということを教わりましたね。時空のマトリックスに足を踏み入れると、ボイジャーたちは彼らの本質、ホーム、創造主のことを徐々に忘れていきました。

そして壮大な時間のサイクルが終わりに達した時、再び自分たちの本質を思い出しました」

「ええ。一言で言うと、一つの物語ですよね」

「今から、その転生のプロセスについての詳細をご説明致します。あなたが想像している以上に多くのことが、今もなお進行中なのです。

あなた方は、銀河の中では比較的小さな銀河の、比較的小さな恒星システムの、比較的小さな惑星に住んでいます。そしてその銀河の中には数十億の太陽系のような恒星システムがあり、宇宙には数十億の銀河が存在しています。そして、それらすべての生命が連携しているのです。それらの生命形態の多くが、あなた方の発展に影響を与えたのです。

今宵《こよい》、あなたにそのことについてお話ししたいと思います」

「ぜひ聞かせて下さい」


彼は椅子に深く座り直すと、話を始めた。

「では、何からお話ししましょうか。先ずは、地球の発展の要《かなめ》となった、いくつかの文明についての簡単な概要をご説明致しましょう。

90万年前、シーカー、アルファ・ドラコニアン、レプティリアンとも呼ばれる水素ベースの生命体が、当時エデンと呼ばれていた地球上において最初の生物圏を開拓しました。

それは北米大陸の、現在のニューメキシコ州とアリゾナ州の国境付近にありました。その地球外生命体たちにより、最初の動物と植物が、この惑星にもたらされました。それらの動植物は彼らにとって過酷だった地球の大気を、酸素と二酸化炭素に富んだ状態に変えるのに役立ちました」

「彼らは爬虫類だったんですか？」

「そうです。しかし、そのイメージに惑わされてはいけません。シーカーはとても高度に発達した種族です。彼らはこの天の川銀河で、最初に星間旅行技術を開発した種族でした。約４００万年前のことです。

その後、彼らはここに最初に着いた自分たちこそが、地球の正当な所有者であると主張しました。そしてそれ以来、彼らはここでずっと彼らの統治法を強《し》いてきました。王族、仲買人、小作民による君主制システムです。それと同様のシステムを、現在のイギリスやヨーロッパでも見ることができます。

シーカーたちがこの惑星で彼らの支配体制を確立している間に、他の入植者集団も地球に到来していました。まずオリオン座からのトラベラーが、紀元前７６３，１３２年にやって来ました。彼らは現在の中国に生物圏を確立しました。

ベガ人は、紀元前７０１，６５５年にリビアとニジェールの国境付近に漂着しました。

紀元前604,003年、昆虫種族であるカシオペア人が北アフリカのアルジェリアに定住しました。紀元前585,133年にはニビル人がエジプトのカイロに定住、その際、衛星基地として月を導入し、火星に主要基地を設置しました」

「えっ！　月って衛星基地なんですか？」

「そうです。でも今はそこにフォーカスしないで下さい。続けます。

紀元前87,300年にオリオン人がオーストラリアのパースにチームを派遣、その後リラ人が南ヨーロッパのバスク地方に再降臨しました。

紀元前79,743年にオリオン人グループがブラジルのネブリナ山に来訪、紀元前73,414年にはプレアデス人が地球に着きました。

いいですか？　今はただ、大まかな略図を黒板に描いているだけだと思って下さい」

「ええ？　こんなこと、学校では全く教えてくれなかったっていうのに！」

「そうです、あなた方は教わっていない。そしてそれにも理由《わけ》があるのです。

紀元前71,933年、興味深い出来事がありました。リラ系統、シリウスA、プレアデス星団、こぐま座、ニビルからの移住者たちで構成されたグループによって、集団入植地レムリアが太平洋地域に創設されたのです。

それから後、紀元前57,600年にアトランティスが創設され、その際プレアデス人たちが再訪してきました」

「レムリアとアトランティスには、何が起こったんですか?」

「どちらも戦争によって滅亡しました。紀元前31,017年にレムリアが崩壊、紀元前27,603年にアトランティスが大西洋の海底に沈みました」

「紀元前27,000年、アヌンナキたちがシュメール文明を創設し、それにより彼らは、シーカーを君主とする支配体制下の地球での彼らの統治権を確立しました。有史時代の幕開けです。

地球全土に広がったアヌンナキたちは、各地でその地位を確固たるものとしていきました。商業、宗教、そして政治、現在にまで通ずるそれらのシステムを通じ、彼らは君主制による人民管理システムを発展させていったのです」


彼は椅子から立ち上がると、ついて来るようにと僕に合図した。

僕たちは外に出て、冷たい夜風の中を歩いた。

月がとても明るかった。

月明かりで、丘の麓《ふもと》の花々が見えた。

レーニア山の山肌はまるで半透明のようで、無数の星々に照らされていた。

僕は空を見上げた。

その時、僕は初めて気がついた。

今、僕が目にしているものは、死んだ岩石の塊なんかじゃない、その一つ一つが一つの文明であり全体なのだということに。

しばらくの間、僕は望郷の念に駆《か》られてしまっていた。

もう一度あの星々に囲まれながら暮らせたら、と願わずにはいられなかった。

どこか違う惑星で、魂の兄弟や姉妹たちと心通わせながら暮らしていけたなら。

タイムベンダーは、僕のメランコリックな心情を汲み取ったようで、

「夜の天空を眺めていると、時折、ほろ苦い感情が湧き上がってくることがありますが」

そう言って、僕の横顔を見た。

「それは私たちが、自分もその世界の一部である、ということを覚えているからです。

あなた方は一時的に、自分たちが多次元的であることを忘れてしまっているのです。でもあなた方は昔も今も、星々に囲まれて生きているのですよ、我が友よ」

彼は空を見上げ、それに向かって大きく腕を広げた。

まるで、宇宙全体を包み込んで抱擁するかのように。

「地球外生命体が築いた数々の文明の果たした役割の意味に気づくことができなければ、あなたは人類、ましてや地球の歴史を理解することはできないでしょう。彼らが人類と共に、この惑星の歴史を書いたのです。そしてあなた方は今、この地球上で宇宙のドラマを演じているのです。オリジナルの台本を忘れたままに」

彼は一つの星座を指差した。

「あそこにある星雲が見えますか？　そこですべてが始まりました。こと座、ギリシャ語でリラ。そこに最初の文明が種付けされたのです」

「文明を種付けって、どういうことですか？　彼らが魂を創ったっていうことですか？」

「いいえ。魂は永遠です。彼らは乗り物、つまり体《ボディ》を考案したのです。ちょうどあなた方が、色々な場所に行けるように車を作ったのと同じように。その体が好みに合えば魂がそれに受肉し、地球の領域に入れるようになるのです」

「その体を作ったのは誰なんですか？」

「ゲームメーカーズと呼ばれる存在たちです。彼らがこのゲームと、そのクリア条件を設計しました。

彼らはそれを、忘却の宇宙と呼びました。存在が源《ソース》から分離していると感じ、ホームに還る道を見つける必要がある場所。彼らが創ったのは、二元性に基づく宇宙でした。魂たちはそこで、光と闇を統合する技術を学ぶのです。それによって魂たちは、創造主のあらゆる側面を経験することができるのです」


僕たちは家の中へ戻った。

僕は暖炉のそばに張り付いた。

タイムベンダーは、カップに紅茶を注いだ。

そして暖炉の火に薪を何本か投げ入れた。

そして彼は、ゲームメーカーズが〝ゲーム〟を創った際に設定した基本ルールの説明を続けた。

僕たちが今現在生きている、この〝ゲーム〟の。

「それは各々の魂が自分自身の行動に完全に責任を持つ〝自由意志の宇宙〟にするというものでした。自己認知と自己決定が、学ぶべき主な課題です。自由意志とは選択を意味します。ゲームメーカーズがゲームに組み込んだ〝選択〟は独創的なものでした。それは善と悪、正と誤、光と闇、聖と邪というような単純な二択ではありませんでした。それは〝自己への奉仕〟か〝他者への奉仕〟かという選択でした」

彼は息をつくと、微《かす》かに笑った。

明らかに、その秀逸さに感嘆しているといった様子だった。

「私は、このユニバーサル・ドリーマーの独創性が大好きなのです。彼らはルールを設定すると、さまざまなレベル、次元または密度を作成し始めました。

最初の種族は、こと座の惑星に種付けされました。このリラ人――主に白い肌のヒューマノイド種族でしたが――は、他者への奉仕に焦点を当てるという役割を担うことになりました。ベガ人――これは主に肌の色が濃いヒューマノイドと爬虫類の種族でした――は、自己への奉仕に焦点を当てることになりました。そしてゲームが始まりました。

あ、チョコレート、もっといかがですか？」

僕は、六芒星《ろくぼうせい》のシンボルがついたものを選んだ。

今まで食べたものとは全然違う味だった。

すごく苦かった。

でも、なんだか力が漲《みなぎ》って、気持ちが高ぶってきた。

タイムベンダーは、そんな僕を面白がりながら眺めていた。

そして自分でも一つ摘んで、口に入れた。

彼は目を閉じてその感覚を十分に堪能した後、また話を続けた。

「ゲームメーカーズが期待した通りの展開になりました。自己への奉仕に焦点を当てた種族はますます攻撃的で独占的になり、そして他者への奉仕文明は彼らの餌食《えじき》と化し、彼らの抑圧に対して糾弾《きゅうだん》し始めました。極性が高まり、最初の大きな衝突が起こりました。

その結果、この極性統合ゲームの中から、二つの大きな陣営が誕生しました。スペクトルの両端を象徴するこの二つの陣営は、それ以来、この宇宙の至るところで戦いを繰り広げてきました。彼らによるせめぎ合いとぶつかり合いの影響が、存在のすべての層に及んでいるのです。地球上でのあなた方の争い事のすべては、宇宙における戦いの直接的な帰結であり、その反映なのです」

彼は僕がまだ意識を向けているかどうかチェックするかのように、僕のほうをチラッと見た。

「では、あなたはこのシナリオの中で、どちらが悪人で、どちらが善人だと思われますか？」

「うーん。まあ、他者への奉仕を旨とする種族はいい人たちなんじゃないですか。だって彼らは自分の利益より、全体の調和を重視してるんですよね？」

「そうですね。その考えは一見、筋が通っているように見えますね。でも実際の場合、善人と悪人の間を隔《へだ》てる、きっちりとした境界線がある訳ではありません。その違いは、もっと曖昧なものです。

そのあとに何が起きたかというと、他者への奉仕派閥が専制的で帝国主義的になっていったのです。彼らは常に、他人を〝救い〟、〝間違っている〟とラベルを付けた人々に〝正しい〟ことを強制しようとしました。彼らは自分たちの行いを正義だと思っていましたが、その態度が〝人生ゲーム〟の基本ルールである、自由意志と自己決定に反しているということを理解できていなかったのです。

時が経つにつれ、さまざまな派閥が混ざり合い、異種交配が起きました。誰が白い帽子《ホワイト・ハット》を被《かぶ》っていて、誰が黒い帽子《ブラック・ハット》を被っているのかを見分けることは、難しくなっていきました。

すべての文明の中に、真に愛と思いやりに満ちた存在たちがいます。そして規律を逸脱する、自己中心的な存在たちもいるのです。しかし大多数の存在たちは、その両面を併《あわ》せ持ち、日々それが変わるのです。ちょうど地球上のあなた方がそうであるのと同じように。

極化した環境が増加し、紛争が悪化するにつれ、スター種族たちは極を激化させるのではなく極を統合する方法を見つけなければならないということに気づき始めました。そこで彼らは、ある実験を試してみることにしました。ある惑星に両極の種族を植え付けてみたのです。双方の存在たちが、互いの違いを尊重し合いつつ対立を回避し一つになるというアセンション・プロセスを——彼らの指導の下に——辿るという展開を期待して」

「うまくいったんですか?」

「いいえ。結果は散々でした。彼らが種付けした惑星アペックスは、核戦争で滅亡しました」

「あらら」

「はい。あららでした。実のところ、地球は両極性を解決するために惑星に種付けするという大掛かりな実験の3例目となります。

だからこそ、全宇宙があなた方のことを見守っているのです。これが最後の実験になればよいのですが。あなた方は、気が遠くなるほど大昔に始まった、宇宙の大きなテーマを解決しようとしているのです。現代に生きるあなた方がそれらの問題を話し合うだけでも、過去の諍《いさか》いの回復を試みていることになるのです。問題点を理解し、過去の過ちから学ぶことができれば、〝人生ゲーム〟はより高いレベルに進化するからです。

もしそのパズルが解くことができたなら、それはあなた方の遠い祖先を助けることになるのです。彼らが次のレベルに進み、再び全体と統合できるようになるのを助けているのです。それができるのは、あなた方の他にいないのです。あなた方は、私たちすべてが待ち望んでいたものなのです」

「つまり、極性を解決するための3例目の壮大な実験は今ここで、地球上で行われているということですか？」

「その通りです。それは、リラ人たちが思いついた構想でした」

「彼らは自分たちがそうであったように、分極化していない存在を、この惑星に植え付けようと試みました。その存在は、子供のように無垢《むく》な存在でなければなりませんでした。このエピソードはエデンの園の話として、あなた方の聖書にも回顧されています。

リラ人たちは、ほぼすべての種族たちの支援を受けていました。中でもシリウス人やプレアデス人たちと密に協力し合い、人類を創り上げていきました」

「つまり、彼らは僕たちの祖先にあたるっていうことですか？」

「はい。リラ人は、あなた方の父親のようなものです。彼らは権威主義者で支配を好みます。シリウス人は、あなた方の母親的存在です。彼らはあなた方を心から愛しており、多くの場面であなた方が、リラ人による支配から自分自身を解放できるようサポートしてきました。しかし頻繁に踏み込み過ぎていました。プレアデス人は、あなた方の兄弟姉妹みたいなものと言えるでしょう。彼らの遺伝的構造は、地球人類のものと酷似しています。なぜなら、人類が原始人から発達していく過程でのクリティカル・ポイントとは、プレアデス人の遺伝物質を組み込んだことだったからです」

頭がくらくらしているのは、数時間前に崖から落ちたせいだけではないようだ。

僕の脳は、その新しいコンセプトを従来の考え方に適合させようと奮闘していた。

タイムベンダーが、ピラミッドが二つ描かれた黒いチョコレートを僕にくれた。

それは僕の朦朧《もうろう》とした頭を爽快《そうかい》にしてくれた。

顔が緩《ゆる》んで、肩の力が抜けていった。

彼は話を続けた。

「人類が極化するのを防ぐための唯一の方法は、人類に善悪の知識を持たせないようにすることでした。人類は、知恵の樹の実を食べることを禁じられました。人類を闇に保つために遣《つか》わされた直近の支配者の名を、ヤハウェといいます」

「ヤハウェは神の別名ですよね？」

「ヤハウェは神ではありません。彼はただの地球外生命体《ＥＴ》です。人類が崇めていたすべての神々は、ＥＴでした。いつの時代においても」

「神は宇宙人なんですか？」

「旧約聖書は主として、ヤハウェについて書かれたものです。

このリラ人の最高権力者は、他者への奉仕側でした。彼は、エデンの園の中で被験者たちを無知なまま至福の状態に保つことこそが、彼らへの施《ほどこ》しだと考えていました」

「聖書には、人類に禁断の果実を食べるよう誘惑したのは悪魔だったと書かれてますよね？」

「あなた方は、悪魔に誘惑されたのではありません。あなた方を誘惑したのは、当時リラ人グループと共に実験に取り組んでいたシリウス人たちです。日が経つにつれ、彼らは人類に本当の起源のことを伏せておこうとするリラ人のやり方に反感を持つようになりました。彼らはそれが、宇宙にいるすべての存在の基本的権利、すなわち自由意志と自己決定と合致していないと考えたのです。

彼らは介入の決断をしました。そして、人類に選択の機会を与えました。あなた方に知識の樹についての知恵を授けたのです」

「彼らが僕たちを、ヤハウェの独裁政権から救ってくれたっていうんですか？」

「そうです。そして彼らは、他にもあることをしました。それは……今のあなたに大きく関係することです。

彼らは密かに、人間の細胞内に潜在的なＤＮＡコードを埋め込んだのです。このコードは、文明が発展し始めた時に発生する加速振動がトリガーとなって発動するようになっていて、地球が第４および第５密度に向けて加速すると、このコードがアクティベートされるようになっています。そしてあなた方が種族としての固有の振動周波数に達すると、そのコードが発動されるようになっているのです。それによってあなた方は、己の中の銀河系の歴史に気づくでしょう。そして、あなた方は生命の樹に還るのです」

「生命の樹？」

「ヤハウェは、人類を生命の樹から切り離しておきたいと考えていました。それは、人類は他の種と交わったり、そこから学んだりすることはできないということを意味していました。人類は隔離されていたのです。人類は他の惑星にいる兄弟姉妹について、知ることを許されていませんでした。人間たちが無知なままエデンの園にいることよりも自由意志と自己決定のほうを選択したことを知ると、ヤハウェは他者への奉仕とは真逆の面を剝《む》き出しにしました。旧約聖書に記されているように、彼は怒り狂い、執念深く報復的な神になったのです。すべての地獄の門が開かれ、大混乱に陥りました。そして人類は楽園を追われました」

彼は時計に目をやった。

「それでは今から、あなたの任務と、あなた方が直面している問題についての話に入るとしましょう。

現在、あなた方はまだ、シーカー、アヌンナキ、ネガティヴ・シリウス人たちの影響下にあります。彼らは今尚あなた方のことを、彼らの奴隷にあたる種族であり、栄養源であると見做《みな》しています。しかし一方で、彼らは以前にも増して恐れを抱くようになってきています。彼らが恐れていること、それは、人類が4次元スペクトルに上昇することです。その時、彼らだけが3次元送りになってしまうからです。それは彼らの滅亡を意味します。

その時、彼らは彼ら自身のカルマに取り憑かれることとなるでしょう。それ故《ゆえ》、彼らはあなた方を従順で無知なままに留めておくために、あらゆる手段を講じているのです。メディア、政府、宗教、企業、その他ありとあらゆる権力を持つ団体を使って」

「で、一体、僕にどうしろって言うんですか?」

「悪の勢力についての知見を高め、このゲームのダークサイドを理解するのです。さらに両極を統合するための謎を解く必要があります。それからリヴィング・ライブラリーのコードをアクティベートせねばなりません。そしてあなた方を意のままに操ろうとしているシーカー、シリウス人、リラ人、アヌンナキ、その他すべての種族たちを寄せ付けず、二度とあなた方に手出しをさせないようにするのです」

「それだけですか?」

「あなたがこの話を、そんな風に軽く捉えて下さっていることがうれしいです。何せこれは……そう、結局のところ、これは単なるゲームなのですから」

彼は椅子にもたれかかり、僕を見極めようとしていた。

「さて、あなたはこれら全部を聞き終わってもまだ、次の任務を引き受けたいと思われますか？」

「やります」

「それはよかった。では、早速デビルとの会談をセッティングすることに致しましょう」

「僕は悪魔と会うんですか？」

「あなたは、破滅の天使に会うのです」

6　アローヤ

〝私にとって宇宙人より怖いものは、宇宙人なんているわけないっていう発想だけよ。だって私たちは、奉献されるべき創造物として最高のものにはなれないもの。私たちだけじゃないことを祈っているわ。もしそうだったとしたら、それってけっこうヤバいかも。〟

エレン・デジェネレス　コメディアン、番組司会者、女優

5週間後。
僕は玄関のドアマットの上に、一枚のポストカードが落ちているのに気がついた。
それには、こう書かれていた。
「土曜日、午前9時、北市場《ノールデル・マルクト》、最高のアップルパイ」
文末に、タイムベンダーの署名があった。
タイムベンダーの言う〝最高のアップルパイ〟については、すぐに見当がついた。
ノールデル・マルクトの向かいに『ウィンケル43』という名前のカフェがあって、

そこの手作りアップルパイが絶品なのだ。
タイムベンダーにまた会えると思うと、胸が高鳴った。
でも少し憂鬱でもあった。
なにしろ次の任務は、悪魔との遭遇なのだから。
期待に胸を膨らませている状態だとは、とてもではないが言えなかった。

カフェに着いたのは9時少し前だった。
タイムベンダーはまだ来ていなかった。
5分過ぎ、10分、15分……。
依然として、彼が来る気配はなかった。
僕はだんだん心配になってきた。
なんで彼は来ないんだろう?
このカフェじゃなかったのかな?
店には、他に女性客が一人いるだけだった。
40代前半くらいだろうか。
黒いサングラスをかけていて、瞳は見えない。
輝くような赤毛で、全身黒い服に身を包んでいた。

そして、なんだか僕に微笑みかけているように見えた。

「誰かを待っているの？」

彼女が僕に聞いてきた。

「はい。でも、どうやら彼は来ないようです」

「あら、残念」

僕はもう一度、彼女のことを見た。

そして、突然ひらめいた。

たぶん、タイムベンダーが来るわけじゃなかったんだ。

たぶん、彼はこの女性とのミーティングを設定しただけだったんだ。

でもそれは、それってつまり……彼女が悪魔ってことじゃないか！

「あのー、すみません。こんなこと言うと変に思われると思うんですが、実は僕が今待っている人物は、僕に悪魔を紹介するって言っていたんです。それで、ひょっとして、実はあなたが闇の支配者……だったりして？」

彼女はサングラスを外した。

僕はその美しい二つの青い瞳を覗き込んだ。

「あなたには、私が悪魔に見えるの？」

「いえ、そういう訳じゃ。失礼しました」

「私はアローヤ。で、たぶんあなたが待っている人っていうのは、私かも。一緒にコーヒーでもどう？」

「はい、喜んで」

「アップルパイも？」

「はい、喜んで」


アローラはとても魅力的だった。

特にその瞳ときたら。

ずっと見つめていたかった。

その中で溺れてしまいたかった。

我を失うほどに。

僕はあまり見つめ過ぎないように努力した。

でも、彼女は気づいていたに違いない。

何しろ、僕に笑いながらウインクしてきたのだから。

僕は蕩《とろ》けそうになったが、運良くそのタイミングでコーヒーとパイが運ばれてきた。

「そうね。じゃあ、あなたが待っていた人について教えてもらえるかしら？」

「タイムベンダーっていってね。彼に最初に会ったのは、僕がまだ若い頃、もう何年も前のアムステルダムでのプレミア上映会でのことだった。それが5週間前、アメリカで思いがけなく再会してね。その時、彼は地球と宇宙の歴史、そして僕が為《な》すべき使命について僕に教えてくれた。でもそれがどういう意味なのか、いまいちよくわかんないんだよね。だから今日、彼に会って聞きたかったんだ。質問したいことが、まだ山ほどあって」

「私、あなたを助けてあげられるかも」

「君はそれについて知ってるの？」

「ええ。私はすべてを覚えているの。始まりからすべてね」

「すべてを？　そんなことが可能なの？」

「私はそこにいたのよ」

「時間の始まりの瞬間に、そこにいたって言うの？」

「ええ。だってほら、時間はあなたたちが思っているようなものじゃないし。大抵の人は、今生きている人生が唯一の自分だと思っているでしょ？　でもそうじゃないの。私たちは複数の存在レベルと、複数の時間枠の中で生きているの。すべて同時にね」

「ってことはつまり、僕たちは今ここでカフェにいるだけじゃなく、君が言うように、他の多くの次元で様々な人生を生きているってこと?」

「そうよ。私たちは色んな惑星や領域に、色んな形態で生きてるの」

「なんで、それがわかるの?」

「言ったでしょ、覚えてるって」

彼女はアップルパイを一口、口に入れると、目を見開いた。

「これ、びっくりするくらい美味《おい》しい!」

彼女は微《かす》かにコックニー訛りのあるイギリス英語で言った。

「うん。ここのアップルパイは有名なんだ」

僕は彼女の視線を避けながら答えた。

アップルパイに舌鼓《したつづみ》を打った後、僕は彼女に聞いてみた。

「アローヤ、もし僕たちが複数の異なる次元に生きているんだとしたら、それらの他の自己たちと知り合うことはできるの?」

「できるわよ。それこそがこの9年間、私がずっとやってきたことなんだから。私は別の自己たちと知り合っていって、彼らを私の存在に統合していったの」

「どうやって?」

「色んな次元を旅していったの。それぞれの、そしてすべての自分と仲良くなるためにね。最初はそれらの存在は、文字通り、見知らぬ他人《エイリアン》としか思えなかった。だって彼らは私とは異なる考え方をし、異なる行動をし、異なる物の見方をするんだもの。でも彼らと知り合っていくにつれ、彼らが実際に私の一部なんだってことがわかってきたの。彼らは私だった。私は、忘れていた複数の自分自身を統合していった。そしてそのプロセスの中で、再び全体になっていったの」

「そのプロセスは、どんな風に進んでいったの？」

「自分の魂の記録を読むことができたのよ。色んな自分自身の、それぞれの宇宙での冒険の歴史を見せられるの。そして、それぞれの過ちから教訓を得て、各々が持つスキルを獲得していくの。そのプロセスが続いてくうちに、私は自分がＤＮＡの中に隠された眠れるスターコードをアクティベートしていってるんだってことがわかってきたの」

「タイムベンダーも、コードの話をしていたな。アセンションするためにアクティベートしなくてはいけないコードがあるって。今、君が言ってるのはそれのこと？」

「そう。それらのコードは、複雑な雪の結晶のパターンみたいなの。時を経て、私は自分の多次元的アイデンティティを構成する様々な種族、種《しゅ》、エンティティたちのスターコードのすべてを統合することができた。私は、私が地球に来た目的は、他の種族だった自己たちを癒し救う方法を見つけ出すためだったってことに気がついたの。彼らはカルマの不均衡を是正することができなくて、時間切れでゲームに負けちゃったのよ。エンディングの前にね」

「えっ？　君は、人生がエンディングを迎えようとしてるって言ってるの？」

彼女はその問いには答えず、コーヒーを啜《すす》った。

そして、僕のことを真っ直ぐに見つめた。

僕はまた、その瞳に溺れそうになった。

そこにはまるで、広大な空間が広がっているかのようだった。

その瞳は明らかに、僕にとっては想像でしかないものを見てきたことを物語っていた。

もっと知りたい。

でも僕はその瞳を見てしまうと、ちゃんとした質問をするどころか考えることすら難しくなってしまった。

彼女は自分から口火《くちび》を切ることで、僕に助け船を出してくれた。

「タイムベンダーは地球《ガイア》が今、何をしているところなのか、あなたに教えてくれた？」

「彼は、彼女は今、周波数を上げているところだって言ってた」

「ええ。それは今現在、宇宙で起きている大きな流れの一環として起きていることなの。宇宙全体が、その大変革を完遂するよう迫られているのよ。そんな大きな流れのほぼすべてのパートで求められているのが、不均衡を是正し健全化することなの。私たちは、真の調和に移行するようにって号令《コール》をかけられてるのよ」

「なんだか波乱の幕開けってかんじだね」

「そうね。でも心配しないで。それはいい流れ、美しい流れなのだから。おまけに、あなたは準備ができてるときてる。あなたはそのために鍛えられてきたのよ」

「二人とも、僕よりも僕のことを知っているみたいだね。君が言ってるのは何の鍛錬について？」

「あなたは今、さまざまな自分自身のエネルギーとコードを、ここでの人間としてのあなたの体験に統合させるプロセスにいるの。自分自身たちと統合し、スターコードをアクティベートしていくにつれ、あなたは自分が誰であるか、そしてなぜこの重要な時期に地球にいるのかということを思い出していくはず」

「それって、いつの時代でも『今この時代に起きていることだ』って言われてる話だよね？」

「確かに多くの古代文明が、その特定の時期について言及してるわね。

人類の集団意識の中で起こるシフトというのがあるのよ。新しい在り方へのシフト。今、皆が目覚めようとしている。そして存在のさまざまなレベルを体験できるようになってきている」

「でも、なんで今なんだろう?」

「私たちはもう長いこと、3次元しか認識できない世界に閉じ込められてしまっているの。これがすべてである、と信じ込まされてね。でも地球《ガイア》が彼女の周波数を上昇させていくにつれ、私たちは目覚め、多次元的意識になってきているのよ」

「3次元に閉じ込められているって、どんな風に?」

「私たちの感覚は、この世界に網の目のように張り巡らされている電磁波グリッドによって制御されてしまっているの。そのグリッドが、私たちがそこに生きているかのような幻影を創り出しているのよ。私たちの意識はそこで制限され、その中で制御されてしまっている。それが私たちに私たちが誰であるかについての間違った認識を植え付けているの。その信念体系のせいで、私たちは3次元だけの指定空域で家畜のように群がって、宇宙に広がる現実の、たった一つの狭い帯域幅《たいいきはば》だけを見せられているってわけ」


僕はこれまでずっと、こういう話をする人たちはちょっと誇大妄想的で、陰謀論にハマり過ぎている人たちだと思っていた。

でもアローヤに関しては、そう言い切ることができないでいた。

彼女の話は、定説とか持論とかではない。

彼女は僕を説得したり、何かを証明しようとしたりはしていない。

彼女はただ、自分の経験を僕に話してくれているだけだ。

それを論破しようと思っても難しかった。

「この惑星は、数千年前に乗っ取られてしまったの。それは想定外の出来事で、それによって人類の自然な流れでの進化は妨げられてしまった。種《しゅ》としての私たちは、自分たちよりもはるかに進歩していた種族によって改ざんされてしまったの。彼らは遺伝子工学に精通していたので、私たちの遺伝子コードを自分たちの計画に適合するよう勝手に変えてしまったのよ」

「なんで、それが想定外だったんだろう？」

「宇宙には不介入の原則があるでしょ？　それは、いかなる種《しゅ》であっても、それよりも進化していない種《しゅ》の進化に干渉してはならないという取り決めよ。でも、規則を守らない存在ってどこにでもいるのよね。私たちは今、人為的にコントロールされたマトリックスの中に住んでいるの。そして50万年もそのままの状態なのよ」

「それは長いね」

「あなたには長く思えるでしょうけど、私たちを支配している存在たちにとっては、そんなに長くはないのよ。この牢獄を作った張本人たちだって、まだ生きてるんだから」

「そんなに長生きなの？」

「なの」

「そのコントロールシステムって、実際のところ、どんな働きをしているの？」

「地球の周囲にはエネルギーのバリアが張り巡らされていて、私たちはそこを通過する時――ここに来る時とか死んで離れる時とか――に、記憶を全消去されてしまうのよ。そしてそれが外の情報を遮断してるせいで、私たちは自分がここに来る前に誰だったかという情報にアクセスすることができないの。それで私たちは、人生のループにハマっちゃってるってわけ。

私たちは、そこで消去されてしまった過去の人生の記憶を本当は持ってるのよ。その時に学んだであろう教訓と共にね。でもそれを忘れてしまうせいで、私たちは同じ過ちを何度も繰り返さなきゃいけない宿命なの」

「そんなの犯罪だよ！」

「だから言ったでしょ、地球は牢獄の惑星になっちゃったって。地球の周囲を取り囲んでいるエネルギーがバリアになっているの。宇宙の他の次元や場所からの情報や通知が、私たち人間の現実世界に入らないようにするためのね。私たちは催眠状態に置かれているのよ。そしてそのせいで、最低限の意識で体を操作してるだけなの」

彼女はため息をつき、窓の外に目を向けた。

太陽がきらめき、アムステルダムの街が美しく見えた。

彼女は少し明るさを取り戻したようだ。

「でも今、何かが変わってきている。何かがシフトしてきている。バリアを弱体化させるエネルギーのパルス信号が銀河の中核から届いてきているの。前よりも多くの情報がバリアを通過し、届けられるようになったのは、そのせいよ。そのバリアが消滅していくことで、今後、多くの覚醒が見られるようになっていくでしょうね」

「どんな風に？」

「バリアが弱体化したことで、スターコードが歪曲《わいきょく》されることなく、そこを通り抜けられるようになってきているの。スターコードはその一つ一つが、謂《い》わば地図のようなもの。それらを一連の手順でつなげて座標を読み解いていけば、多次元宇宙を旅することが可能となるの。多次元のそれぞれの自己とそのスターコードをあなたの中に取り込んで、それらを正確に配置していけば、あなたはそこに〝生命の樹〟が形づくられているのを見るでしょう。それこそが、私たちが今ここにいる理由よ。それらのコードをあなたの中でアクティベートして地球の中に種付けするの。地球《ガイア》が、彼女の変容の旅を全うするためには、それを読み取ることが必要になるのよ」

「コードをアクティベートするには、どうすればいいんだい？」

「完全に転生した状態で、地球上で行動するだけよ。完成形になるの。そしてこの惑星の現実を作り出している地球独自のマトリックスに、自分自身をしっかりと固定させるのよ。

私たちが完全な存在としてここに存在しているだけで、集合意識の変容が引き起こされていく。そうしたら、地球上のすべての人が波動的な物の見方をするようになって、それが他の次元を見せてくれるようになるわ」

彼女はアップルパイの最後の一口を口に入れた。

そして、僕のアップルパイをじっと見つめた。

信じられないことに、僕はまだほとんどそれに手をつけていなかった。

普段の僕なら数秒でたいらげているはずなのに。

彼女の話と彼女の瞳は、それぞれが僕を違う種類の催眠状態に陥れていたようだ。

「僕たちが完全な存在になって、完全に地球で転生した時にはどうなるのかな？」

「個としての自分と一元的存在としての自分、それらを同時に体験するようになっていくのよ。それは今まで、物理的性質の人間という種《しゅ》だった時には起き得なかったことなの。これほどまでに高い密度の体に4次元や5次元のエネルギーが吹き込まれるなんて、今まで一度もなかった。だからこそ、関係者全員が私たちを注視しているのよ。つまり私たちは今、とんでもない実験の真っ只中にいるってこと」

「でも、なんで僕や君はそんな話に巻き込まれちゃったんだろう？」

「地球《ガイア》が志願者を募ったのよ。そして、その要請を一斉送信したの。〝地球に来て人間の物語に転生し、システム内から私をアシストしてくれる人募集〟ってね。あなたと私は、それに応募したの。あなたは自分で志願したのよ」

「つまり僕たちは、スターコードをダウンロードして、多次元存在として複数の自分を体験して、電磁波グリッドを除去して、地球を支配している最高権者を追っ払って、人類が第4、第5密度意識にアセンションするアシストをするボランティアに志願したってこと？」

「その通りよ。ものすごくうまくまとめたわね。じゃあ、もっとケーキを頼む……わよね？」

「一口でたいらげちゃうアップルパイを、もう一口分ね」

彼女はもう一度、窓の外に目をやった。

晴れ渡った、今年初めての小春日和だった。

昔、オランダの有名な作家がこんな日の呼び名を考え出した。

〝ロケスダフ〟、スカート日和。

その年の最初に、女性たちがまたスカートを穿き出す日。

でも彼女たちの脚は、まだ太陽の暖かさに慣れていないようだ。

「ちょっと歩かない？」

「うん！」

僕たちはヨルダン地区の有名なナインストリーツ沿いを、ブラブラと歩いた。

元々は労働者階級が多く住む地区だったヨルダンは、ここ数年で、オランダで最も地価の高い高級エリアの一つになった。

アートギャラリー、とりわけモダンアート系の一大拠点となっていて、ファンキーな古着屋やヴィンテージショップも点在している。

有名なアンネ・フランクの家もこの辺りにあり、レンブラントが晩年を過ごした地区でもある。

しばらくツアーガイド役に徹した後、僕は彼女に、さっきの話がどんな風に彼女の身に起きたのかと聞いてみた。

「子供の頃からそうだったのよ。異次元の存在たちと一緒に、色んな体験をしていたの。ある時、部屋の窓枠に座って星を眺めながら、星たちに向かって声をかけたの。『あなたたちは私の家族よ』って。そしたらね、星たちが螺旋《らせん》を描き始めて、視界の真ん中に光の扉が現れたの。そしてそれが少しずつ開いていって、そこに顔が浮かんできた。アンタリの顔だったわ」

「アンタリ？」

「アンタリは宇宙の12の次元、すべてに住む種族。とても進化した種族よ。でも個人としての意識は持ってないの。彼らは集合意識なのよ。そして進化過程にある惑星やシステムをサポートしているの。彼らは時々、私たちの前に姿を現すこともあるのよ。グレイとしてね」

「で、誘拐されちゃったのかい？」

「いいえ。でも、一緒に連れて行ってもらったことはあるわ。彼らと一緒に窓から飛び降りて、道の上を飛んで行ったの。皆が部屋で寝てるのが見えた。なんでかわからないけど、壁の向こう側が見えたのよ。

その後も、何回か乗せてもらったかな。その宇宙船はね、思考で操縦するの。小さな宇宙船で操縦の仕方を教えてもらった時のことは、今でも覚えてる。それを飛ばすにはね、思考と感情の均等を保ってなくっちゃいけないの」

誰もが自分と同じというわけではないと知った時から、彼女の10代は過酷なものとなった。

彼女は自分の感性をオフにしようと試みた。

でもそれは、ただ彼女を不幸にしただけだった。

「でもね、21歳の時にすべてが変わった。自分は誰なのかとか、地球で何をしているのかとか、そういう情報を大量にダウンロードしたの。そのダウンロードは数週間続いたわ。そして私はそれから最終的に9年に及んだ魂の統合プロセスに突入していった。私の意識は完全に開いた。

そして自分自身を癒し、ようやく実社会に出てそれらを人々に伝えられるようになるまで自分自身を変容させることができたってわけ」

「僕はツイてたってことか」


夕方近くになって、彼女の宿泊先のホテルまで送り届けた僕は、彼女に彼女の予定《プラン》を尋ねてみた。

「別に計画《プラン》なんてないわ。やるべきことはもうやったし」

「はは。うん、確かに君はやり切ったね。でも僕が聞きたかったのは、君の銀河計画のことじゃなくって、君の明日の予定のことなんだ」

「たぶん会えるんじゃないかな」

「海に行かない？」

「いいカンジ」

「午前10時？」

「カンペキ！」

「じゃあ迎えに来るよ」

7　ルシファー

〝私は、宇宙は知的生命体で満ち溢れていると確信しています。ただ、ここに来るにはちょっと知的過ぎるんです。〟

アーサー・C・クラーク　SF作家、発明家、テレビシリーズ司会者

次の日の朝。

アローヤが、抱擁《ハグ》で出迎えてくれた。

僕には、彼女が今日も〝スカート日和〟だったことがうれしかった。

彼女は車に飛び乗り、僕たちは朝の渋滞を突破して、ビーチに近いハーレム方面行きの高速道路に向かって車を走らせた。

ビーチまで車で40分。

そのほとんどの時間、僕たちが話していたのは風景について（車はちょうど、有名なチューリップ地区を通っていた）とアムステルダムについての話題だった。

20分後。

僕たちは幹線道路を出て、オフェルフェーンという小さな村に入った。

「この村には、僕が以前、瞑想リトリートを開催していた古い屋敷があるんだ」

僕は彼女に言った。

「ダウンルスト邸っていってね。オーナーはそこをスピリチュアリストたちの共同生活の場にしたかったらしくてね。すごく立派な施設だったんだ。大食堂、大きな調理場、サウナ、そして大きな正面階段のある一面大理石の綺麗な大広間。見に行ってみる？」

「みる！」

僕たちは車でその屋敷に向かった。

たどり着いて車から降りると、正面玄関は閉まっていた。

ひどく寂れていて、見るからに魂の抜け殻のようだった。

「ここは、ちょっと奇妙な場所でね」

僕は彼女に言った。

「ここでは何をやっても、最後はいつもすべての努力が水の泡と化した。まるで誰かに足を引っ張られてるみたいだった。一時は、呪われてるのかもとすら考えたくらいなんだ」

「かもよ」

「うん。実際、本気でそう思ってた。だから一度、ある友人を呼んで霊視してもらったんだ。彼女はとても霊感が強い人でね、ここをすごく嫌がってた。そして彼女は、階段を上る途中で突然硬直したかと思うと、真っ青になって、階段を転げ落ちるようにしてここから逃げ出していったんだ。

『何かあったの？』僕が彼女を追いかけて聞いてみると、

『あなたには、あれが見えなかったの？　階段の上に女の人がいたじゃない！』

『僕には何も見えなかったけど』

『黒い服を着た魔女みたいな女がいて、私たちに向かって、ここから立ち去れ！　二度と戻って来るな！　って叫んでたのよ！』」

「面白いじゃない」

とアローヤは言った。

「その女性が誰だったか、あなたは知ってるの？」

「うん、一応ね。ちょっと調べたんだ。この家はヨハンナ・ヤコバ・ファン・デ・フェルデという人物によって建てられたんだ。彼女はウィレム・ボルスキーという銀行家の未亡人で、とんでもない金持ちだった。彼女一人の力で、この国は破産を免れたと言っても過言ではないんだ。

ある時、経済状況悪化の兆候を察知した彼女は、オランダ国立銀行の株を買い占めた。一時期は、この国のオーナーは彼女だったと言えなくもない」

「ええ、わかるわ。この国の世の中は、そういうエリートたちによって支配されてきたのよね。それこそ何世代にもわたって」

「ちょっと離れたところに屋敷が見えるだろ？　そこがヨハンナ・ヤコバの住居だったところだよ。彼女にとっては、ただの夏の別荘だけどね。

もう一つのやつはそっちの倍の大きさで、目を見張るような庭園とオランジェリーがあるんだ。エルスウォート邸っていうんだけど。もしこの屋敷が気味が悪いと思ったんなら、そっちも見てみる？」

「うん。ちょうど幽霊屋敷にぴったりな話をしようと思ってたとこだしね」


僕たちは再び車に乗り込むと、エルスウォート邸に向かった。

「で、ボルスキー夫人の話はどうなったの？」

道の途中でアローヤが聞いてきた。

「彼女が亡くなった後、その息子がそこを相続したんだ。彼も父親と同じウィレム・ボルスキーという名前で、同じく有名な銀行家だった。その後、ダウンルスト邸は彼の長女である、これまたヨハンナ・ヤコバの住居になった。彼女は自分の甥である、ダヴィッド・フォン・デール・フリートという男と結婚した」

アローラは、ちょっと皮肉っぽい笑みを浮かべた。

「その図式に気づいたでしょ？　彼らはみんな同じ名前を持っていて、同族婚を繰り返しているの。私がエリート家系のリサーチをしていた時も、その現象に頻繁に出くわしたわ。クローズド・システムってやつね。それには理由があるの。それは彼らの純血を保つため」

「なんでそんなことが、彼らにとっては重要なんだろう？」

「つまりね、私たちは、元々人間じゃない存在たちによって支配されてるんだってこと。

彼らが自分たちの種族を残存させるためには、そのＤＮＡをできる限り純正に保つ以外、方法がないのよ。だから彼らは親族間で交配するの。彼らは、私たちには想像もつかないくらい技術的に進歩しているのよ。そして冷酷非道で、おまけにマインドコントロールの達人ときてるわ」

「彼らは、タイムベンダーが言ってたドラコニアンとかレプティリアンっていう種族だってこと？」

「私はトカゲちゃんたちって呼んでるけどね」

砂利道に入り、道の先方に丘の上に建つ邸宅が見えてきた。

「この屋敷が数年前に、たった1ユーロで売りに出されてたなんて信じられるかい？」

「本当？　なんで？」

「崩れかけてたんじゃないかな。それか、屋敷の前にいつまでも立っている朽ちた木のせいかも。わかんないけど」

「じゃあ、その木の下に座りましょうよ。私が話したかった話にもってこいの場所だわ」

芝生に腰を下ろすと、とても気持ちがよかった。

僕は、頭上に広がる木を見上げた。

「アローヤ、僕にはこの木がまだここにあるってことが信じられない。僕の記憶では、もうとっくに朽ちて死んでたはずなのに」

「きっと、本当に死んではいなかったのね。たぶん、死んでいるように見えただけ。あなたは死を恐れる？」

「生命は何らかの形で続いていくってわかってるつもりだけど、その時が来て、そう思えるかどうかは微妙だな」

「死への恐怖の克服に役立つ植物があるのよ。アヤワスカっていう植物のことを聞いたことある？　南米のインディオたちによって精製されていたもので、意識のより高い領域にアクセスするためのものとして、何千年もの間、使われているものなの。彼らはそれを、すべての薬の母だと考えているのよ。

　アヤワスカは、生命のあらゆる側面を見せてくれる。醜いものと美しいもの、再生と死、そして光と闇」

「いつか、それを試さないと」

「ええ。でもその植物はもう、あなたにコンタクトしてるのよ。彼女は、あなたが冥界の迷宮の中にある、特定のドアの鍵を持ってることを知っていたからこそ、あなたをこの仕事に抜擢《ばってき》したんだから」

「僕は植物に選び出されたの？」

「そうよ、植物によ。人間は自然の知性を過小評価し過ぎよ。はい、じゃあ、私があなたに話したくてうずうずしてる話を始めさせてね」

　彼女は背筋をまっすぐに伸ばし、数秒間、目を閉じると、深く息を吸って、話を始めた。

「これは、〝空《くう》〟から生まれた、二人の恋人たちの物語。

　彼らは光線《レイ》でした。それまでに創造された中で、一番強いレイでした。一つは陽を表すもの、光、もう一つは陰を表すもの、闇でした。

この二つのレイを生み出した者の名を、ユニバーサル・ドリーマーといいました。彼は、彼らが互いに呼応し、ダイナミックに入れ替わり、何度も融合と分離を繰り返す様を、畏敬《いけい》の念と共に見守っていました。彼らの美しさは息を呑むほどでした。彼らが放つ光は、幻想的な虹色に輝いていました。それは、内なる源から発せられる光でした。彼らが創るビビッドな光のパターンは、翼を広げた天使の姿を形づくっていました」

彼女の顔には、うっすらと笑みが浮かんでいた。

彼女が実際にその情景を思い出しているというのは明白だった。

「彼らは、ある実験の一環として生み出されました。それは、源《ソース》の愛が入り込めないほどの高い密度と深い闇を併せ持つ場所を創り出す、という構想でした。なぜなら、そんな場所はどこにもなかったからです。宇宙を丸ごと全部探しても、それに当て嵌《は》まるような惑星はありませんでした。そこに住む者たちすべてが、あらゆる生命への鍵と源《ソース》からの種の原型を内に持っているのに、誰もそのことに気づいていない、そんな惑星などあるはずがないのですから」

「そこで、二人の天使のうちの一人が、それを探す旅に出ることにしました。忘却の場所を作るための場所を探し出す旅です。もう一人の天使は、相方の真の姿のイメージを保持する役として光の宇宙船でスタンバイし、その時が来たら後に続いて低次元に飛び込むという手筈《てはず》になっていました」

アローヤは、もっとしっかりと思い出そうとするかのように、もう一度目を閉じた。

「天使の一人が絶壁に立ち、未知の世界へ飛躍しようとしています。それは、元気溢れる雄のほうでした。彼は今にも飛び立たんとばかりに、力強い翼を誇らしげにはためかせています。

彼の名を、ルシファーといいました。光り輝く明けの明星です。逞《たくま》しく怖いもの知らずのルシファーは、眼下に広がる厚い雲の中に飛び込んで行く瞬間を、今か今かと待っています。もう一方の彼女も固唾《かたず》を飲んで、彼を見守りながら待っていました。彼女もまた、逸《はや》る気持ちを抑えられず、この挑戦が生み出す成功を目にする瞬間を待ち焦がれていました。

ルシファーは目的の次元に到達するまで、できるだけ速く、そして長く降下しなければなりませんでした。忘却の場所を収容できるほどの次元は、とても密度が高い次元だからです。

彼は眠りに入ったまま、物資を纏い濃密な形となって、その〝自己の起源を忘れる場所〟へ光を届ける役になることになっていました。源《ソース》の光が届かないようにするために。そしてその惑星に生きる、すべてのものたちが、源《ソース》の光がない奇妙な生《せい》を生きるようにするために。

ルシファーは、ありったけの愛を込めて彼女に最後の一瞥《いちべつ》を送ると、翼を広げて絶壁から飛び込んでいきました。

最初のうちは、うまくエネルギーの流れに乗ることができました。でも低次元のエネルギーは、彼の翼を彼の体に吸い付けるように引っ張りました。エネルギーの流れに乗ろうと思っても、薄い層の下の流れは圧倒的な勢いで全く歯が立ちませんでした。彼は自分が未知の世界へ引きずり込まれていくのがわかりました。

それまで期待を胸に見守っていた彼女も、彼の顔に浮かんだ苦悶《くもん》と苦痛を見て悟ったのでした。この別離《わかれ》の真に意味することを。

彼女は彼に触れようと、手を伸ばしました。最後に一度だけでも彼を抱きしめたい。でも彼女の光の両腕は、彼の体をすり抜けてしまいました。彼の体は高密度化し始めていたのです。彼らはもう、同じものではなかったのでした」

「ルシファーは堕ちていきました。深い濁《にご》りの中へと、まるで螺旋を描いて止水を落ちていく小石のように、どこまでもどこまでも。

周囲に形作られていく密度の雲が彼の息を止め、彼の魂までをも引き裂きました。

彼はそんなことが待ち受けているとは予想だにしていませんでした。

彼の脆《もろ》い心臓は制御不能に陥り、胸の内側で激しく波打っていました。密度が彼の周囲を取り囲み、彼を忘却の渦へと飲み込んでいきました。そしてとうとう、彼は堅い岩の中に閉じ込められたダイヤモンドの粒のようにしか見えなくなってしまいました。

忘却という夢が彼を取り囲んでいきます。彼の覚醒意識が眠りに落ちてしまうまで。そして彼の意識が最後に言いました。『もう眠りにつこう』そして彼は、深い眠りに落ちました。今ではもう、彼は黒い粒にしか見えません。彼はここで眠っています。今もここで夢を見ているのです。再び目覚める時がくるまで」

ふいに彼女が話すのをやめた。
一人の男が、こっちに近づいて来ていたのだ。
男は手に何か光る物を持っていて、それをこっちに向けていた。
その男は背が高く、目と髪の色は黒く、レインコートを着ていた。
どこか不吉な感じのする男だった。
僕は、突然ハッと気がついた。
彼が手にしてるのは、銃かもしれない！
心臓が止まりそうになった。
アローラに知らせて、逃げなくては。

だが、時すでに遅し。

男はもう、僕たちの目の前に立っていた。

「恐れ入りますが、写真を撮って頂けないでしょうか？」

男は光る物体、大きなカメラを僕に手渡した。

「ああ、はい。いいですよ」

僕は立ち上がってカメラを受け取ると、男のほうにレンズを向けた。

男は背景にあの屋敷が入るよう、少しだけ後ろに下がった。

そして僕がシャッターを押そうとしたその瞬間、彼は右手を上げて奇妙なジェスチャーをしてみせた。

男が僕のほうに歩み寄ってきた。

そしてカメラを受け取り、軽く会釈をすると、あの屋敷のほうへと去って行った。

正面玄関が開くのが見え、男はその中へと消えていった。

僕は訝《いぶか》し気な顔をしながら、アローヤのほうを見た。

彼女は固まっていた。

「今の男が、手で何かしてたの見た？　本当に気味が悪かったよ！」

「ええ、見たわ」

彼女は言った。

「あのジェスチャーの意味を知ってる？」

「いいや」

「あれは悪魔のサインよ。サタンの崇拝者たちは、ああいうハンドサインで確認し合うの。そういうもののほとんどは、昔の秘密結社に端《たん》を発しているのよ。フリーメーソンとかね」

「サタンとルシファーは同じ存在なの？」

「いいえ、違うわ。ルシファーは悪ではない。ルシファーは私たちが聞かされてきたような、天国から追放された存在ではないの。彼は自ら、行くことを志願したのよ」

「じゃあ、彼はデビルでもないの？」

「今となっては、そうなってしまったわ。でも、ずっとそうだったわけじゃないの。彼だって、全創造物の源《ソース》から愛と光を浴びる存在だった時もあったのよ。彼自身、自分が神の一面であるということはわかっていたのよ。神は多くの顔を持つの。

ルシファーの役目とは、忘却の状態を保つことだった。そしてルシファーは一人きりだったわけではなかった。約3分の1に当たる天使たちが彼の後に続いたの。神の勇敢で好奇心旺盛な側面を象徴する彼の後を追ってね。彼らは皆で闇に堕ちて行った。すべての人が、劇的な成長を遂げられるようサポートするために。

つまり闇とは、神の創造物たちにとっての潜在意識のパートだってこと」

「で、その場所っていうのは、地球だったんだね？」

「ええ、そうよ。その実験の元々の構想とは、一つの惑星体を作ることだったの。そこ以外の全宇宙の愛から隔離しておけるだけのエネルギーを蓄《たくわ》えておける惑星をね。そうやって隔絶することによって、そこに住むものたちは進化、成長でき、あらゆる試行を通して学ぶことができるようになる。それが良い経験か悪い経験かは別としてね。

ルシファーは惑星になるために、その中心部で眠りについた。その計画を遂行できるだけのエネルギーを温存しつつね」

彼女はもう一度目を閉じて、時間を遡《さかのぼ》っていった。

「ルシファーは、横たわって眠っています。そして夢を見ています。すると、不思議な現象が起こり始めました。ヴェールが彼を毛布のように包み込むと、彼のエネルギーが現実の層の上に、次々と層を創り出しました。そのプロセスが進むにつれ、それらの層はどんどん密度が濃くなっていき、次から次へと忘却の層を創っていきました」

「なんでルシファーは眠ってたの？」

「眠るということは忘れること。無意識の創造者になるということ。私たち地球上の人間は夢の中で生きているの。私たちが現実だと思っている夢の中でね。精神的な悟りのことを目覚めっていうのはそのせいよ」

「つまり、ルシファーは忘却することを前提とした、新たな現実の夢を見ていたってこと？」

「その通り。彼の夢の一つ一つが、ガイアが作った物質の体に入って受肉すると、それらが現実のものとなって、それぞれの人格が形として現れてくるの。彼の夢は徐々に密度を高めていき、歪められていった。彼が自分自身の周りに作り出したエネルギーによってね。

見捨てられ、ボロボロになって一人彷徨《さまよ》う彼にとっては、破壊の力、血、そして死への飽くなき欲望だけが慰めだった。それらだけが彼の空虚な心を満たすことができた。

彼は変わっていった。彼の顔は、今ではもう彼自身にも己のものとは認識できないものとなってしまった。悪魔の顔。黒く硬ばった幻影の仮面。苦悶で歪んだ、邪悪でおぞましい顔。そして昏《くら》く生気のない瞳孔が、すべての光を遮断していた。彼はその過酷な環境に屈したの。そしてそれによって、闇、悪、死を生み出すという、自らの使命を果たしたっていうわけ」

黒い雲が垂れ込め、太陽を覆い隠すと、冷たい風が吹いてきた。

僕は空を見上げ、コートのジッパーを上げて前を閉めた。

「タイムベンダーは、次の任務の一環として僕をルシファーに会わせるって言ってたんだ。君の話を聞いてたら、僕はそれをうまくこなせる自信がなくなってきたよ」

「そうね。ルシファーに会うというのは、とても恐ろしいことだもの」

「なんで、それがわかるの？　彼に会ったことがあるの？」

「ええ。数年前の暗い夜に。何人かの友人と一緒に小高い山の上にいた時に。イングランドのコーンウォール地方、ペンザンス湾近くにある聖ミカエル山でのことだった。

その日は一日中、雨が降っていて、薄暗い日だったわ。私たちは日蝕《にっしょく》の観察にそこに行ってたので、皆ガッカリしてたの。

すると、黒い雲が私たちの頭上まで押し寄せてきて、渦を巻き始めたの。雨は激しさを増して、強い雨が顔に打ちつけてきた。

真っ黒な山、海の真ん中の岩、その頂上にはお城。そこにいた人たちの多くが同じ夢を見たの。その山の下にある、海底からしかアクセスできないトンネルや洞窟の夢よ。

私も夢を見たわ。私が見たのはルシファーの棲家、そして冥界への入り口の夢だった。

突然、光が不思議な淡い銀色に変わっていった。日蝕が起こっていたの。鳥たちがギーギー鳴いて、犬たちは吠え止まなくなった。皆、驚いてたわ。だって、日蝕の時にはすべてが静まり返ったようになるって言うでしょ。

私の体は震え出した。不思議なエネルギーが上昇してきて、皆も震えていた。そしたら、山の後方から見たこともないような真っ黒い暗雲が立ち昇ってきたの。猛り狂う龍の形をしていたわ。その龍は山の周りを3回トグロを巻くと、私たちの頭上から西へと移動して行った。

龍が他の黒い雲に溶けこんでいった時、不思議な浄《きよ》めの風が私たちの中を——私たちの周りじゃなくて中をよ——吹き抜けていったの。で、私は彼が来たんだって気がついたの」

「ルシファーが来たの？」

「彼はもう来ていたわ。物理的に見えたっていうわけじゃないんだけど。でも見える必要なんてなかった。彼の感触がある、それだけで十分だった。その時の恐怖は、強烈に覚えてるわ。体がガクガク震えて、動物がすごく怯えてる時に出すような変な音みたいな声が勝手に出てきて。止めようとしてもできないの。怯え過ぎて、そのせいで死んじゃいそうだった。でもそれ以上に怖かったのは、彼に呑みこまれてしまうんじゃないかってことだった」

雨が降り始めてきた。

でもアローヤは気づいていないようだった。

「あんなに崖っぷちに立たされたことなんてなかったわ。でもその時、思ったの。真の光を、宇宙で最も闇に包まれた場所に届けなくてはって。ルシファーの棲家にね。それは自分の命がかかってるからっていうだけじゃなくて、なんて言うか象徴的な意味でね、将来私たちのために創られる新しい惑星の成功がこの私の肩にかかっている、そんな気がしたの。絶体絶命の危機も、どう取るかの問題よね。もう逃げ道はない。彼と向き合うしかなかった。だからそうしたの」

「で、何が起きたの？」

「一番信じられなかったこと。彼が神だってわかったの！　すごく単純な話よね。その時感じた愛は、とても純粋なものだったわ。その愛は私があげたものであり、私の神性だった。でも敵に向き合い、敵を愛したのは、私の魂だけじゃなかったの。私のエゴもそうしていた。私は彼が誰なのかを認識した。そして、すべてのレベルで彼を愛したの。私は歓びに震えて彼に抱きついたわ。そして抱きしめ合い、二人は一つになった。それは究極の癒しだったわ。

そしたらね、天使たちの歌声が聞こえてきたの。文字通り聞こえたの。本当に美しかった」

一粒の涙が、彼女の頬《ほお》をこぼれ落ちた。

雨はもう止《や》んでいた。

「他の人たちも、その出来事を目撃したの？」

「皆が私を取り囲んでいた。目を大きく見開いて私のことをまじまじと見ていたわ。彼らも皆、何かしら奥深い体験をしていたのよ。私たちはとても長い時間、ただそこに座っていた。そしたら、そのうち誰かが言ったの。『彼は行っちゃったよ。彼はもう自由だよ。僕たち、もう遊んでいいんだよ』6歳の男の子だったわ」

太陽を遮《さえぎ》っていた黒い雲は去り、また暖かさが戻ってきた。

彼女は空を見上げ、こぼれる涙を拭《ぬぐ》った。

彼女は、しばらく無言だった。

僕たちはただ、一緒に陽の光を浴びていた。

そして、彼女は話を続けた。

「ルシファーとの出会いは、すべてを変えたわ。私は新たな強さを手に入れた。信じられないくらいのパワーを、自分の内側に感じることができた。全身が光で満ち溢れ、私は神としての自分を体験できた。すべての創造物に、本来備わっている、神のパートを。

自分を取り巻くすべての要素の意識が、体の中を流れているのが感じられた。気づきがどんどん大きくなっていった。自分のオーラがどんどん大きくなっていって、それはやがて惑星全体を包み込んでいった。それを感じることができた。私は自分が神であること、自分の体験のすべてを自分で創造してきたことを理解し、体感したの」

「それで、その体験はおしまい?」

「いいえ、そうではなかった。そこがこの体験のイタいところね。

数日後、私は痙攣《けいれん》状態に陥《おちい》った。そして自分が行っていたところから、この現実世界に戻ってきたの。私は自分が神であるということを忘れていった。それがどれほどの苦痛かは、とても口では言い表せないわ。すべてのレベルで、その苦痛を感じるんだから。

あなたも、とても強力な高エネルギーを体内に取り入れたら、同じ目に合うでしょうね。それを失った後に感じるのは、大きな痛みと悲しみ、喪失感、そしてホームに還《かえ》りたいという慕る想い。覚悟してね」

「で、今は?」

「今でもそこに戻りたいとは思うけど。それより今は、アムステルダムに戻って買い物したいかな。乗せてってくれる?」

車は砂丘の中を通っていたが、僕たちは会話をするでもなく、二人して、ただ物思いに耽《ふけ》っていた。

ホテルに着くと、彼女は僕に自分の名刺を手渡した。

「もし何かに行き詰まったり、任務を忘れてしまいそうになった時はここに連絡して。きっと手助けが必要になる時が来るだろうから。だって、もうすぐあなたは冥界への旅に出るんだもの。あなたはその扉の鍵を握っているのよ」

「何の扉だって？」

「今は知らなくていいの。あなたを案内してくれる者もいるしね。それはね、あなたがこの時空の現実世界に、最初に顕在化した時の存在。より高いレベルのあなた。とても進化した存在で、猫族かライオン族出身だったはず。彼らによって、大ピラミッドは建設されたのよ。そしてあなたがその鍵を見つけるヒントになるであろう、神聖幾何学についてのあらゆる知識を持っているわ。彼に慣れることね。彼を自分の中に召喚するのよ。彼が鍵を握ってるわ。じゃあね！」


その夜、僕は早めに床《とこ》につくことにした。

僕は疲れ切っていた。

でもそれは、むしろいい意味での疲れだった。

それらの新しい情報の数々が僕の脳みそと、すでにそこにある概念の中に割り込もうとしていた。

まるで、何回もシフトしているような感覚だった。

ただそのせいで、本当に疲れ果てていた。

とにかく、眠らなくては。

電気を消そうとした瞬間、奇妙なことが起きた。

まるで、誰かが僕の脳にドリルで穴を開けようとしてるのかと思うほどの大きな耳鳴りがしたかと思うと、体がどんどん冷たくなっていった。

そう思った途端、僕の体はマットに向かって、ものすごい勢いで押し倒された。

動けない。

体が麻痺《まひ》していた。

どんどん息が苦しくなっていった。

部屋には腐臭が立ち籠《こ》めだしていた。

僕はパニックになり、逃げ出さなくてはと、必死にベッドの縁《ふち》に向かって体を動かした。

ベッドから落ちれば、この呪縛から逃れられるかもしれないと思ったのだ。

でも、一インチ動くのも難しいといった有り様だった。

それはもう、決死の戦いだった。

その時、彼の声が聞こえてきた。

地を這うような声が僕に囁きかける。

その声は冷たく残忍に、こう言った。

「お前は臆病者だ。お前は自分の闇を認める勇気がないから、その弱点を俺に投影してるんだよ」

「何のことだ？　離してくれ！」

「お前の最後の一人が、悪魔との遊びをおしまいにしたら放してやるよ」

「おしまいにしたから！　僕はもう、あなたとなんか遊びたくないから！」

汗が滴り落ちた。

僕はまだ、どうにかベッドの縁まで動こうとしていた。

あともう数インチで落ちることができそうだ。

そう思った瞬間、またあの冷酷な声が聞こえてきた。

「お前がしょっちゅう破滅寸前の世界を創り出してるのを、楽しく拝見させてもらってたぜ。お前は本当にエキサイティングな奴だよ！」

あと、もうちょっと。

「お前は俺のことを、悪魔だと思ってるんだろ。だが、そうじゃない。俺はルシファーだ。俺がお前の救世主だ。俺が鍵を握ってるんだよ。俺はお前の鏡。俺はお前の闇の投影」

体が床に雪崩《なだ》れ落ちた。

僕はゼイゼイと息を切らしながらなんとか上体を起こすと、雑念を払うように何回か頭を振った。

遠くのほうで、彼の声がこだましていた。

「俺たちは皆、堕天使なのさ。俺たちは皆、堕天使なのさ」

8 ヒドゥンハンド

〝この地球外生命体の探究が、最終的には我々の法律、宗教、哲学、芸術、娯楽、そして科学までをも変えてしまうだろう。それも我々の世代のうちに。宇宙――鏡と言ってもいいが――は、そこに生命体が、自分自身を探しに来るのを待っているのだ。〞

レイ・ブラッドベリ　作家、脚本家

アローヤとの出会いから4週間後。

僕はヒドゥンハンドという会社に、メディテーション・トレーニングの講師として招聘《しょうへい》されていた。

その会社は、戦争や自然災害によって荒廃した地域のインフラ再建を請け負うグローバル企業だという。

アムステルダム外辺の巨大なガラスの塔が立ち並ぶ地区の一角に、その会社のオフィスはあった。

そこは南区域《ザウダス》と呼ばれる、ロンドンのシティによく似た場所だ。

建物に入った瞬間、僕は妙な寒気を感じた。

何かがおかしい。

この場所には、人の気配が全くない。

周囲を見回して合点がいった。

本当に人がいなかった。

植物もない、人影もない、コーヒーマシンもない、トイレもなかった。

そこにはただ、何も無い巨大な大理石のエントランス空間が広がっていた。

「何の用だい?」

僕は体を捻《ひね》って、その声の主の顔を覗き込んだ。

70歳とまではいかないくらいの、仏頂面の女性がそこにいた。

「おはようございます。あのー、メディテーション・トレーニングのために伺ったのですが」

「エレベーターはあっち。最上階」

エレベーターが上昇していくうちに、僕はさっきまでとは違う寒気を感じ始めていた。

本当に寒かった。

そして上に行くほど、その寒さは増していった。

エレベーターが停止し、ドアが開く。

そこには、全面ガラス張りの広い部屋が広がっていた。

その一番奥のデスクの向こう側に、男が一人座っている。

彼を見て、僕はすぐに気がついた。

あの幽霊屋敷で、僕に写真を撮ってくれと頼んだ男だ。

彼は昏《くら》く、ほとんど生気のない目で僕を見つめていた。

彼の声が促《うなが》す。

「どうぞ、おかけ下さい」

僕は用心深くデスクに近寄ると、彼の向かい側に座った。

彼の身体から放たれる存在感は、ゴッド・ファーザーのアル・パチーノを思い起こさせた。

それをもうちょっと年配風にした感じだろうか。

黒のスーツ、白いシャツ、黒のネクタイ、後ろに撫でつけた髪、鋭い目付きの黒い目。

彼は椅子にゆったりと座ったまま、ロボットか、と思うような口調で話し始めた。

「私《わたくし》は、この世の支配者の血を引く一族の一員です。時折、我々は創造主の命《めい》の下《もと》、あなた方にチャンスの扉を開きます。それは我が一族の代表者と、我々の理念についで語り合える機会をご提供するというものです。お知りになりたいことがあれば、如何《いか》なる質問でもお尋ね頂いて構いません。そのように仰せつかっております。しかしお答えするにあたり、私には二つの制限があるということを先にお伝えしておきます。今回あなたにこの機会をご提供させて頂いているのは、我々の創造主の要請によるものですが、同時に私は、地球の自由意志の法則と我が一族への誓約という義務も負っております。お話できることには限りがあることを、ご了承下さい」

僕は骨の髄まで凍りついていた。

それでも歯をカチカチ言わせながら、なんとか言葉を絞り出した。

「あなたは悪魔ですか？」

「我が一族の血統は、古代まで遡ることができるものです。あなた方の知る有史初期以降、我々一族は見えないところから、この〝舞台〟の演出に携《たずさ》わってきました。我々の役柄を通じて、もしくはそれ以外の方法で。我々は、リーダーとなるべくして生まれ出《い》づるのです。それは現在のパラダイム設計上においての、一つの役割と言っていいでしょう。我々はメディア、政府、軍隊、宗教、科学など、重要とされるあらゆる主幹的分野で、すべての中枢的地位を掌握しています」

「つまりあなた方は、何千年にもわたって人類を弾圧してきた者たちだっていうことですか?」

「そういうことです。それは我々がこのゲームでプレイするために、請け負った役なのです。我々がこのゲームをクリアするためには、可能な限り陰極《ネガティヴ》化する必要があるのです。つまり、極限までの自己への奉仕です。暴力、戦争、憎しみ、貪欲、支配、奴隷化、大量虐殺、拷問、道徳的低下、売春、麻薬。それら——というか他にも色々とありますが——それらすべてのネガティヴなものが、我々がこのゲームの中で志すものに寄与していると言うことができます」

「で、それがあなたの自慢なんですか?」

「あなたと私の異なる点、それは、私はこれがゲームのプレイであるのを認識しているという点です。このゲームについての知識が少なく、プレーヤーであるという自覚が低いほど、その人生は無意味なものとなります。それらすべてのネガティヴな事柄を、我々はあなた方に、ゲームのツールとして提供しているのです。しかし、あなた方はそれを理解していない。その点については、我々が画策した訳ではありません。いずれにせよ、あなた方がそれにどう対応するかということこそが重要なのです。あなた方は自由意志を持っています。そのツールをどう利用するか、その選択はあなた方に委ねられているのです」

「あなたは、イルミナティなんですか?」

「私はルシファー。より正確に言うならば、ルシファーのグループ・ソウルです。私の一族の世界は、あなた方がイルミナティと呼ぶ、地球生まれの下層の血統の者たちの世界とは相異《あいこと》なるものです。それら地球の血統の者たちは、全体像を把握していません。彼らは世界を征服しようと、ただ躍起になっているだけです。人々を制圧し、奴隷化し、人として創り出せる限りの苦悩と暗黒を創り出しています。そしてそれこそが、彼らが手にする報酬なのです。世界制覇という名のね」

「つまり、あなた方はできるだけ多くの破壊を創造するために、イルミナティやその他の秘密結社を舞台裏から操っている者たちだってことですか?」

「その通りです。我々はこのゲームを理解しておりますので。あなた方の統治者たちは違いますがね。彼らは単に、あなた方を捨て駒と見做しているだけです。このゲームの構想に沿って、チェス盤上で、ただあっちこっちに動すことができるポーンの駒としてしか見ていません」

　初めて顔に仄《ほの》かな笑みを浮かべながら、彼はこう続けた。

「その点を顧慮《こりよ》したとしても、彼らは実際、いい仕事をしていると言えるでしょう。しかし彼らの知らない、もしくは彼らの理解には及ばない点が一つだけあります。それは、我々のアジェンダとは、我々が提供するそれらの触媒によって、最終的にはそれに関わった者たちすべてに最高の徳を齎《もたら》すためのものであるという点です。我々の一族は巷《ちまた》で囁かれるような、あなた方に直接の禍《わざわい》を齎すための存在ではないのです。我々が賛同し展開するものとは、人智を超えた因果の課題です。そして我々は、このゲームでその役柄を演じ切らねばならぬのです」

「あの、ヒーターの温度を上げてもらえないでしょうか？　ここにいると凍えそうだ」

「調節しました」

温かい空気が、部屋に流れ込んできた。

彼は椅子にゆったりともたれかかりながら、真っ直ぐに僕のことを見つめていた。僕は目を逸《そ》らそうとしたが、彼の視線はそれを許さなかった。

僕は少しでも威厳を保とうと、こう言った。

「僕はメディテーション・トレーニングを依頼されていたはずです。なのになぜ、あなたとここでこんな話をしてるのか、全く意味がわかりません。これは一体、何のマネなんですか？」

「あなたがここに呼ばれたのは、あなたが、あなた方を支配、弾圧している邪悪な闇の力を理解するためです。あなたは、あなた方の支配者に会うためにここにいるのです。光の使者ルシファー、またの名を明けの明星」

「これか……これが恐れてたものか。そうでしょう？　これが悪魔とのミーティングなんでしょう？」

「ルシファーは悪魔ではありません。あなた方の聖書に偽って描写されているような存在ではないのです。

ルシファーとは、すでに第6密度の存在レベルに進化しているグループ・ソウル、もしくは社会的記憶複合体というべき存在です。

このレベルでは、より高いレベルに進むか、もしくは、他者を助けるためにもう一度低い密度に戻るか、の選択ができるようになっています。低い密度に戻った場合、それを必要とする者たちに我々の持つ知識や知恵を伝授し、彼らが自力で進化を遂げることができるようサポートするのです」

「じゃあ、あなたはゲームの次のレベルに進む代わりに、僕たちをサポートするためにここに戻ることを選択したって言うんですか？」

「はい。我々は長老評議会から、ある大変やりがいのある任務を命じられたのです。長老評議会とは、この銀河の監視者的役割を担う組織のことで、司令部は惑星土星の第8密度に置かれています。それはあなた方の惑星、地球に関する案件でした。

ヤハウェ。当時あなた方の支配者だった者の名です。彼は彼が統治する惑星に転生して来た者たちに対し、〝汝《なんじ》自身を知る〟べきところの、自由意志を持つという権利を保証していませんでした。

極なき所、自由意志なし。選択のしようがないからです。その結果、進化の発展はほとんど見られませんでした。

その惑星は本来、そのままの状態で天国たり得るすばらしい楽園でした。しかし、そこに転生した存在たちには、第3密度以上に進化するために必要な〝攪拌棒《かくはん》〟がなかった。そのため〝一なるもの〟へ帰《き》する望みは、ほぼなかったと言っていいでしょう。

ヤハウェは彼の大事な箱庭、エデン・プロジェクトが、オリジナルの状態に保たれてさえいれば満足だったのです。しかしそこは非常に美しいとは言え、事実上の牢獄と化していました。ヤハウェは現在の用語で言うならば、そう、〝良心的独裁者〟でした」

「それで、あなた方が介入を依頼されたと？」

「そうです。我々は支援のために派遣されたのです。ヤハウェも我々の就任に合意していました。実際、最初に彼の〝作品〟に変化を促すための触媒を投入したいと評議会に打診してきたのは、彼のほうだったのですから。我々は触媒として、極性を導入する役目を担う予定でした。彼は、被験者たちに実験の是非の選択の機会を与えるべきではという我々の提案にも合意していました」

汗が滲《にじ》んできた。

「すみません。ヒーターを下げてもらえませんか？　まるで、サウナにいるみたいだ」

「調節しました」

室温が急激に落ちていった。

「では。我々の契約とはこの惑星に自由意志の触媒を導入するというものでしたが、当初ヤハウェが要請していたのは、自由意志の導入支援ではなく、単に進化のプロセスを効率的に早める方法の指南といったものでした。

我々は先《ま》ずヤハウェと対談の機会を設け、彼の子供たち、ひいては彼自身の進化における最適なサポート方法を彼に提言するための事実調査に乗り出しました。

多くの選択肢を検討し、我々はその結論を評議会とヤハウェに提出しました。我々の下した結論とは、彼自身の有意義な発展を促すための現実的、且《か》つ迅速な方法は、自由意志の導入以外考えられない、というものでした。

しかしそれに対しヤハウェが要求したサポートは触媒の導入のみでした。彼は自由意志の実現については積極的ではありませんでした。彼は我々の判定と自由意志導入要請を快く思わなかったのです。最終的に、評議会がそれが最善の方法であると彼を説得し、彼も渋々ではありましたがそれに合意しました。

そして我々は再び地球に出向き、ヤハウェと対談の機会を持ち、彼と誠心誠意、最善の進め方について話し合いました。彼はその時、彼の子供たちが自分に対して忠実であることを選択する、という強い確信を持っていました。『子供たちは、今の生活にとても満足している。何時如何《いついか》なる時も私を信頼し、私が正しいと言う通りに行動するはずだ』これは彼の言葉ですが、これこそが、彼が自由意志が触媒として機能しないと考えた最大の理由でした」

「それなのに、彼はその実験を進めることに合意したんですか？」

「したのです。彼は知恵の樹の実験に合意していたのです！　彼はそれが彼の正しさを立証するであろうと信じていた。彼は自分の子供たちは無知のままでいることを選ぶだろうと信じて疑っていなかった。

そうではなかったと知った時、彼は怒り狂いました。まるで乳母車から玩具を投げ捨てる赤子のようでした。そして彼の子供たちは、エデンの園から追われてしまいました。

彼は子供たちが自らの行いに対して大きな罪悪感を抱くよう企《くわだ》てました。彼に対してどれほどまでに大きな裏切りと背徳を犯したのかと。

それは、創造主として高潔な振る舞いであったとは言えないでしょう。

ですがまあ、それこそが自由意志の美しさではないかと、私なんぞは思わなくもないのですがね」

僕はこの男に対して、好感を抱き始めていた。

彼の声のトーンは機械的な感じが薄れ、ユーモアの片鱗《へんりん》さえ見せ始めていた。

「ヤハウェの子供たちは我々の支援に対し、とても感謝していました。しかしそれがヤハウェを、あなた方の聖典に描かれているような嫉妬深い神にしてしまった。我々は〝汝、私の他に何者をも神としてはならない〟（出エジプト記20：3）という状態を目の当《ま》たりにしました。それは全くもって、好ましい状況とは言えませんでした。創造主が子供たちに、そのような振る舞いをしていいはずがないのです。つまるところ、彼らは皆〝一なるもの〟なのですから。

その後、我々が評議会に復職するためにこの惑星から引き揚げようとすると、ヤハウェは我々の出航を差し止め、妨害しました。挙句、我々が再度撤退を試みた際には、我々をアストラル次元に落とし幽閉したのです。

最終的に評議会が彼に我々を釈放するよう命じてくれたのですが、評議会は我々に対しても、地球上の魂たちの進化サポートの契約解除を通告してきました。

我々はここを離れたくなかった。我々はここの者たちが、本当に大好きだったのです。彼らは真にポジティヴ極性化された存在でした。我々はここに留まり、サポートを続けたいと願い出ました。自由に行き来できるだけでよかった。でも我々がここに滞在する方法は、個別の魂として輪廻のサイクルに入る以外、残されていませんでした。それは我々がもう長いことすることのなかったことでした」

「それで、あなた方はその代償にもかかわらず、僕たちのサポートのためにここに留まることを選択したっていうんですか？」

「はい。この話の最大のパラドックスとは、我々があなた方に対し、最大に奉仕的であるためには、完全に自己奉仕的であらねばならぬという点です。究極のパラドックスと言えるでしょう。私は創造主のこの皮肉のセンスを愛して止みません。コーヒーでもお飲みになりますか？」

「はい。お願いします」

そう応《こた》えた途端、あの年配の女性がコーヒーを手に部屋に入ってきた。

部屋の温度は、ようやく通常と言える状態になっていた。

僕はこのミーティングが始まって以来、初めて自分が少しリラックスできているのを感じていた。

彼も少し堅苦しさが抜けてきているように見えた。

彼は椅子にもたれかかりながら窓の外を見つめ、コーヒーを啜った。

彼が僕のほうを向いた。

その顔は、前にも増して柔《やわら》いで見えた。

「舞台を降りれば皆、仲間です。人生と人生の合間に、皆でゲーム内で演じた役柄について、ゲラゲラと笑い合いながら語り合うのです。その時が待ち遠しい。そうやって、また次の章の役柄を考えるというのが、これまた楽しいのですよ」

彼はカップの縁《ふち》越しに、僕のことを見つめた。

まるで、僕を見定めようとするかのように。

「あなたに〝人生ゲーム〟を理解するコツをお教えしましょう。〝皆の中で一人しかいない〟。このことを理解できれば、このゲームを理解することができるでしょう。

自分の外側や救済の中に、何かを探すのをやめるのです。神と呼ばれるようなものは、いないのです。神とは人間たちが創造《つく》った概念であり、本来の意味においての創造主の誤った解釈です。

神とは、〝あなたの外側にある、あなたの分離した実在〟を示唆《しさ》するものです。それこそがあなた方が祈り、崇拝しなければならないものなのです。創造主はあなた方の崇拝を望んではいません」

「つまり、すべての宗教がそこを誤ったと?」

「実際のところ、宗教とはただ考案されたもの、もしくはごく控え目に言ったとしても、我々の影響を色濃く受けたもの、そのどちらかであると言えます。

創造主はもちろん存在します。しかし、あなた方が宗教を通じて創造主と呼び、崇拝していたものの大半は地球外生命体《ET》でした」


僕は彼のオフィスの窓から外を眺めていた。

それはとても象徴的な眺めだった。

僕は名だたる大企業からなるエリアの一番高いタワーの最上階にいて、彼と共にそこを見下ろしている。

そういえば、それらはいつも一箇所にかたまっている。

彼が舞台裏からショーを掌《つかさど》っているせいなのだろうか？

そんなことを、僕はふと思った。

彼は椅子から立ち上がると、窓のほうへ歩いていった。

後ろ手を組んで立つその姿は、帝国を見下ろす皇帝のようだった。

「私の話が、あなたを混乱させたであろうことは承知致しております」

僕に背を向けたまま、彼は言った。

「あなたはつい今しがたまで、我々がここに来た理由はあなた方のサポートのためである、ということをご存じなかったのですから。我々は自分たちがここで遂行していることの重要性を理解しています。たとえ、人類の大半に理解してもらえずとも。

あなた方がゲームのルールを思い出せないでいるのは、忘却のヴェールのせいなのです。もしあなた方が魂の記憶にアクセスできる状態のまま、毎回新たな人生に転生できるのだとしたら、時空の領域に来る意味は無いに等しい。コンピュータゲームをすべてチートでプレイするようなものです。そこに学びはありません。〝人生ゲーム〟をプレイする楽しみ自体が奪われてしまっていると言えるでしょう」

「あなたには、悪を生み出すことは楽しいことなんですか？」

彼は僕のほうを振り返ると、こう言った。

「私は、それらあらゆるものの上にユーモアを見出しております。いつか、あなたもそうなれるようお祈り致しております。

さて、大変申し訳ないのですが、やらなくてはならない悪事がございまして。私の秘書があなたを出口までご案内致します」

「あの、僕はまだ、あなたのお名前を伺っていません」

「ヒドゥンハンド《見えざる手》」

9　アヤワスカ

〝窓の外を見たら、その白い光が見えたんだ。それはジグザグに動き回っていた。私はパイロットのところに行って「こんなの見たことあるか？」って聞いてみたんだ。彼はショックを受けつつ「いいえ」と答えた。だから彼に言ったんだ。「これを追跡しよう」ってね。我々は数分間それを追跡した。輝く真っ白な光だったよ。我々はそれをベーカーズフィールドまで追って行った。すると全く予想外なことに、それは突然、天に向かって上昇していったんだ。私は飛行機を降りると、ナンシーにすぐさまそのすべてのいきさつを話したよ。〟

ロナルド・レーガン　元米国大統領、ウォールストリートジャーナル、ノーマン・C・ミラー記者との対談内での１９７４年のＵＦＯの遭遇についての供述

3週間後。

僕は恋に落ちた。

あるシャーマニズムについてのカンファレンスに参加した時のことだった。

突然、僕は、まるで光を放射しているかのように光輝く美しい女性に目を奪われたのだった。

その女性はカラフルな衣装を身に纏い、大きなイヤリングと、どこかの先住民族のようなネックレスをつけていた。

彼女の瞳は様々な色がちりばめられているかのように、光の射し具合によって色を変えていた。

僕は昼休憩の間になんとか彼女の隣の席を陣取ると、彼女のアクセサリーと素晴らしい瞳を褒めちぎった。

彼女の名前はビンキー。

40代だと言っていたが、どう見ても遊び盛りの子供のようにしか見えなかった。

必ずしも楽な人生を送ってきたという訳ではないはずなのに、どういうわけか、彼女の中には希望と情熱、そして奔放さが失われずに保たれていた。

彼女は、数年前に亡くなった配偶者と、親友のために産んだ子供のことを僕に話してくれた。

ビンキーは長い間、魂を共有できる人たちを探し求めていたという。

特に南アメリカを数年にわたって旅して周ったと言っていた。

コロンビアでは、アローヤが言っていたあのアヤワスカを精製している人たちと交流していたのだそうだ。

彼女は自身のアヤワスカ体験と、彼女がそこで出会ったという、フェルナンド・レイサマという超人的能力を持つシャーマンのことを僕に話してくれた。

今では、その彼とも友達だという。

僕はその話にとても惹きつけられた。

そして、彼に会わせてもらえないかと彼女に尋ねてみた。


そのあとの長い話は省略するとして、その3週間後。

僕とビンキーはコロンビアの首都、ボゴタに向かっていた。

フライトの間、ビンキーがフェルナンドのことを色々と教えてくれた。

「彼は5歳の時に、のちに彼の〝おじいちゃん〟となるフヴェナル爺《じいや》という師匠から、あるシャーマンの転生した存在だと認証されたの。そしてフヴェナルはフェルナンドを両親の元から連れ去って――あ、もちろん両親の承認を得てよ――彼とジャングルで生活を始めたんですって。フェルナンドはそこで、彼から古代から伝わるシャーマンとしての技法の数々を伝授されたの。そして20歳の時に自前のアヤワスカ・セレモニーを開催するようになったのよ」

「彼は今、何歳なの？」

「たぶん35歳くらいじゃないかしら。彼のシャーマンとしての力量を考えたら、まだすごく若いと言えるでしょうね。部族の長老たちは彼の聡明さをとても評価していて、彼はコロンビアでは〝最後のシャーマンの一人〟、もしくはコロンビアの言葉で『長老たちから伝統的技法を教わった者』という意味の〝タイタス〟って呼ばれてるの。

フェルナンドの面白いところはね、彼が現代的な人でもあるっていうことなの。薬用植物や先祖の霊の話を、スマートフォンやスポーツカーの話と同じノリで話しちゃうんだから」

空港では、ホアン・ガブリエルと彼の妻メリビアが僕たちを出迎えてくれた。ビンキーのコロンビア時代の盟友だというその素敵な人々の温かさは、手に取るように伝わってきた。

ホアン・ガブリエルは、以前はコロンビアで売れっ子のロックバンドのメンバーだったが、今は主にドラマの劇中曲を書く仕事をしていると言っていた。

メリビアは、フォトグラファーだそうだ。

僕はすぐに、彼らが大好きになった。

彼らの家まで行く途中、ホアン・ガブリエルが翌日の予定を僕らに説明してくれた。

明日は早朝に出発して、車でコロンビア南西部の国境近く、プトゥマヨ県に向かうと言う。

そこは、アマゾンの熱帯雨林の入り口にあたる。

土地の者たちはそこを〝プトゥマヨ――雲が生まれる場所〟と呼ぶ。

標高の高さが、雲を生む。

高い山々が、熱帯雨林に雨を降り注ぐ雲を生み出すのだ。

一旦そこに入ってから、フェルナンド・レイサマのセレモニー用の山小屋までジャングルの中を歩く手筈になっていた。

翌朝。

4時に目覚ましが鳴った。

リュックサック、テント、ハンモック、ウォーキングギア、ポンチョ、ブーツを四輪駆動車の後ろに詰め込む。

コロンビアの辺境の地を旅することを想像すると、僕の胸は高鳴った。

旅の途中、目に入る風景は、砂漠、沼地、山、パンパ、鬱蒼とした森、ジャングル、と刻一刻と変化し続けた。

その風景は多くの土着文化圏と同様、全く人の手が入っていないものだった。

だが今日《こんにち》、南アメリカの多くの地域では事情が大きく異なってしまった。

コロンビアが他の南アメリカ諸国のようにならずにすんだのは、あまりにも多くの麻薬戦争のおかげだったとホアン・ガブリエルが教えてくれた。

それが観光客や巨大企業を遠ざけてくれていたのだと。

だが、今それが様相を変えつつあるという。

政府が反政府勢力との平和条約に署名したことで、多くの麻薬カルテルが弱体化したからだそうだ。


夜も更けて。

僕たちはようやく、ビラ・ガルソンという村に着いた。

果てしなく続く熱帯雨林に入る前の最後の前哨《ぜんしょう》基地だ。

その夜はそこに滞在して、夜が明けたら車で小屋までの最後の数マイルを走ることにしたのだ。

小屋は熱帯雨林との、ちょうど境にあった。

僕たちはお腹が空いて死にそうだった。

村の中央の広場に小さなレストランを見つけると、僕たちはそこですべての料理を大量に注文し、料理が運ばれるのを、ただひたすらに待った。

キャッサバ・チップスを、ムシャムシャと貪《むさぼ》り喰いながら。

料理を運んできたウェイターが、僕らに旅の目的を聞いてきた。

「僕たち、これからあるシャーマンを訪ねてジャングルに行くところなんですよ」

「へえ、いいね。でもこの辺はジャガー騒ぎがあるんで、注意しなよ」

「ジャガー騒ぎ?」

「石油関係の奴らが森を荒らしたせいで、ジャガーたちが村のすぐ近くまで来ちゃうんだよ。ここ数週間で、羊も牛も馬も食べられちまった。つい先日、俺たちは何人かのハンターを森に送り込んだんだ。奴らは犬を連れて森に入ったが、しばらくすると犬たちの鳴き声が途絶えてしまったんだと。奴らは犬たちの死骸は見つけたんだが、ジャガーには終《つい》ぞお目にかかれなかったそうだ」

僕は少し不安になってきた。

「ジャガーって人間を食べるんですか?」

「そんなには」

「そんなにはって……。もし遭遇しちゃったら、どうしたらいいんですか?」

「走らないことだな。それをしたら殺される。もしそいつが歯を見せたら、そいつはあんたに笑いかけてるんだよ。だから、ただニッコリ笑い返せばいいのさ」

「あの……本気で言ってます?」

彼は僕の肩をポンと叩いた。

「悪い。俺は走るよ。あっちで待ってるお客がいるんでね」


翌朝。

僕たちは車で小屋に向かった。

そこを拠点として、ジャングルのセレモニー用の山小屋へ向かうのだ。

四輪駆動がなかったら、ジャングルの奥深くまでは行けなかっただろう。

川や泥のぬかるみ、ゴツゴツした岩の上を突破して、僕たちはジャングルを抜けた。


3時間後。

小屋に到着すると、リサンドロとブランカという二人の現地ガイドが僕たちを待ち受けてくれていた。

リサンドロが案内役で、彼の妹のブランカがジャングルでの料理係を担当してくれるという。

僕たちは、もう一度用具一式の最終確認をした。

ハイブーツ（ヘビに嚙まれたり、とげが刺さったりするのを防止するため）、長袖のシャツ（有毒植物や変な昆虫対策）、防蚊スプレー、帽子、水、食料とチョコレートバー。

ブランカが、僕たちが到着した時に食事ができているようにしておきたいからと言って、一足先に出発することになった。

出発の準備ができた彼女が現れた。ホットパンツ姿で。

上はセクシーなノースリーブのシャツだけ、山道の途中ではスニーカーも脱ぐという。汚したくないのだそうだ。

熱帯雨林は圧倒されるほど美しかった。

僕は、これほどまでに手付かずの自然を見たことがなかった。

すべてが生き生きと輝いていた。

「なんて美しいんだ！」

僕は、5分おきくらいにそう叫んでいた。

4時間後。

僕たちはフェルナンドの山小屋に到着した。

「ジャングルの家へ、ようこそ」

フェルナンドがバルコニーから大声で叫んでいた。

「こっちに上がって、景色を見てごらんよ」

僕たちが階段を上っていくと、フェルナンドが最上段で出迎えてくれた。

ホアン・ガブリエル、メリビア、ビンキーは、彼のセレモニーに何回か参加したことがあるという。

彼らの深い結びつきは、傍目《はため》にもよくわかった。

僕に自己紹介してくれた後、フェルナンドは僕たち皆をバルコニーまで案内してくれた。

まさに絶景だった。

目に映るのは、美しい山々と豊かな森、緑の川、野生の花々、エキゾチックな鳥たち、生まれたばかりの雲、そして紺碧の空。

「耳をすましてみて」

フェルナンドが言った。

「あの喚《わめ》き声が聞こえるかい？　あそこの木にいるサルたちだよ。彼らはホエザルといって、彼らが発する喚き声は、ジャングルの中を何マイルも伝わるんだ」

その時、突然キッチンのほうから叫び声がした。

ブランカだ。

僕たちが駆けつけると、シンクに緑色の巨大な虫がいた。

それは拳二つほどの大きさで、大きな牙と触角、そして気色の悪い脚を持っていた。

そしてリンゴをモソモソと貪っていた。

「うぇー。何だこれ？」

「それはモンスターだよ」

フェルナンドが言った。

「それを生きたまま食べれば、君の中にいるモンスターを出すことができるよ。試してみるかい？」

僕は思いっきり顔をしかめてフェルナンドを見た。

メリビアは、僕があまりにもショックを受けた顔をしているのを見て大笑いした。

「彼はあれを食べると思う？」

「考えたくもないね。君は食べると思うの？」

「ええ。っていうか、絶対もう食べたことあると思うわ」

皆で、体に沁《し》み渡るようなキャッサバ・スープをご馳走になった後、フェルナンドが僕たちを下の渓流に連れて行ってくれた。

その水は深い緑色をしていた。

フェルナンドが、その理由を教えてくれた。

「地中に大量のエメラルドがあるんだよ。インディオたちが一度、ジャングルの中の、それが溢れんばかりにある場所に僕を連れて行って、見せてくれたことがあるんだ。彼らは僕に、絶対にその場所を他言しないようにと誓わせた。もしその宝物を盗み出そうと考える不届き者がいたら、森全体に甚大な被害が及ぶからね。エメラルドは、このジャングルの心髄を成すものなんだ。人々はもはや、人間と自然の相関関係を理解できなくなってしまった。シャーマンとは、それらを識《し》る者のこと。全体像を見、神秘を知り、超自然を感じる者のこと」

太陽が山に沈みかけた頃。

ビンキーと僕はジャングルの際《きわ》に、やっとのことでテントを張り終えることができた。

フェルナンドの山小屋から30メートルほど離れたところだ。

僕は死ぬほど疲れていた。

でも、とても満ち足りた気分だった。

そして猫のようにゴロゴロ喉を鳴らしながら、ビンキーの腕の中で眠りに落ちていった。

アローヤが言っていた、僕の中の猫の存在というのが目を覚ましたようだ。

翌朝。

僕たちはフェルナンドがハンモックで葉巻を吸っているところをこっそり見ようと、早起きをして見に行くことにした。

彼のすぐ傍《かたわら》の床の上には、緑色の粉でいっぱいの土器が置いてあった。

緑の粉はマンベといって、コカの葉に臼《うす》で挽《ひ》いた貝殻を混ぜたものだ。

フェルナンドは、それを噛みタバコのように口に入れた。

それは彼が先住民から教わった流儀だそうだ。

少量のマンベは、一杯の濃いコーヒーのようだった。

そして、僕はそれにすっかりハマってしまった。

もう中毒と言ってよかった。

時差ボケの克服には、うってつけだった。

ホアン・ガブリエルとメリビアも起きてきた。

そして、すぐさまベランダでフェルナンドの隣にハンモックを掛け始めた。

僕とビンキーも彼らに倣《なら》うことにした。


20分後。

皆、緑色の粉を詰め込み過ぎているせいで、頬袋がパンパンに膨れ上がっていた。

主にスペイン語で一時間ほど雑談をした後に、フェルナンドがおもむろに立ち上がったかと思うと、ジャングルの片隅にある手洗いのほうへ向かって歩いていった。

すると、突然、彼の叫び声が聞こえてきた。

「おい皆、ちょっとこっちに来てくれ！」

僕たちは急いで彼のところへ駆けつけた。

テントから20メートルほどのところだ。

「見て！」

彼が言った。

「出来立てホヤホヤの、ジャガーの足あとだよ！」

僕よりもジャングルに慣れているはずのビンキーですら、さすがに少し不安そうにしている。

この小さな遠征の後、フェルナンドは自分のハンモックに戻っていった。

アヤワスカの前には何も食べないほうがいいというので、僕たちはその日の午前中は何も口にしなかった。

吸引で吐き気を催した時に、食べた量が少ないほうが吐く手間が省けるからだ。

12時を少し回った頃、フェルナンドがハンモックから起き出してきた。

そして、軽い食事を摂りにキッチンに向かった。

戻ってきて、彼は言った。

「今日はセレモニーをするのはやめておこう。今日はまだ、その時ではないような気がするんだ。君たちはまだ、準備ができていない。まずはジャングルと触れ合わないと。もっとジャングルを感じるんだ」

フェルナンドは少量のフルーツとキャッサバ・チップスをつまむと、もう一つの瓶を開けた。

「ジャングルに足を踏み入れる前に」

彼は言った。

「君たちにペヨーテをあげておこうと思ってね。メキシコ在住のシャーマンがくれたものだよ。サボテンの一種から採れる幻覚成分なんだ」

僕たちはその灰色がかった粉末を、スープスプーン二匙《さじ》分飲んだ。

すごく苦かった。

あのメキシカン・デザートみたいな味だった。

ジャングルを50メートルほど入ると、植物が密集してきた。

フェルナンドとリサンドロがマチェーテと呼ばれるナタのような刃物を交代で使っ

て、道を切り拓いていった。

これまでジャングルを何回も見てきたはずのビンキーですら、感嘆せずにはいられないようだった。

「もう、これ以上ジャングルっぽいジャングルになろうったって無理、っていうくらいジャングルよね。フェルナンドとリサンドロに同行してもらえて、本当によかった！」

「ええ」

メリビアも賛同した。

「フェルナンドと一緒に来れるなんて、私たちは本当にラッキーよ。彼は本当に生きる《リヴィング・》図書館《ライブラリー》みたい。誰かが言ってたんだけど、ここではシャーマンが亡くなった時には、図書館が全焼したって言うんですって」

「今、リヴィング・ライブラリーって言った？」

「ええ」

「面白いな。僕、以前、違う文脈の中でその言葉を聞いたことがあるんだ」

メリビアがそれに応える前に、風景がガラッと変わった。

ジャングルの色の彩度を一段上げたのかと思うほどに、すべてが輝き、発光し、そして芳香を放っていた。

あれ？　気のせいかな？

それとも、あの岩には本当に顔がついてる？

で、そいつが今、僕に話しかけてきた？

僕はビンキー、ホアン・ガブリエル、メリビアの顔を見てみた。

彼らの顔も、バカみたいにニヤついていた。

どうやら、ペヨーテが発動したようだ。

少しフラつきつつも、なんとか川岸まで歩き続けた。

フェルナンドとリサンドロは、もう緑の水辺の絶景スポットを見つけたらしい。

それは本当に、心が奪われるような美しさだった。

そして誓ってもいい。

僕はそこで水が話しているのを、確かに聞いた。

しばらくすると、隣に座っていたフェルナンドが、僕に小声で耳打ちしてきた。

「見えない者たちの声が聞こえるかい？」

僕は一生懸命、耳をすましてみた。

でも、聞こえてくるのは川の音だけだった。

「僕には誰の声も聞こえませんよ、フェルナンド。あなたには何が聞こえているんですか？」

フェルナンドが歌い出した。

さえずり、遠吠え、うなり声、そして叫び声。原始人の声のようだった。

それはその昔、この辺りに住んでいたインディオたちの言語だという。

彼らは〝見えない者たち〟と呼ばれていた。

なぜなら、彼らは変身することができ、森に擬態していたからだそうだ。


何時間かして山小屋に戻った後も、僕たちはまだ高揚したままだった。

そのせいで、何かを食べる気には全くなれなかった。

「食事のことはいいからね、ブランカ」

フェルナンドがベランダから大きな声で叫んだ。

「これから皆でまた、ペヨーテを楽しむから！」

というわけで結局、僕たちはその後もクレイジーな一夜を楽しんだ。

サボテン、ジャングル、そして仲間たちと共に。

こんな場所で星々を眺めるというのは、非現実的な体験だ。

人工的な明かりが全くないのだから。

僕はタイムベンダーが言っていた星雲、リラとベガを探してみようと思ったが、見つからなかった。

きっと地球の反対側にいるせいだろう。

しばらくして、僕とビンキーはようやくテントで横になることができたが、全く寝付くことができなかった。

時差ボケのせいだけというわけではないようだ。

ペヨーテのせいで、まだ気持ちが沸き立っていたのだ。

そのせいか、知らないうちにひどく疲労していた。

それでも少しは休んでおかなくてはと思い、僕たちはとりあえず目を閉じて横になっていた。

ジャングルの音に耳をすましながら。

すると、突然何かが弾けたような音がした。

小枝が折れたような音だ。

外に何かがいる。

ジャガーなのか?

「ねえ、ジャガーって血のにおいを嗅ぎ分けられると思う?」

数秒後、ビンキーが声をひそめて聞いてきた。

「当たり前じゃん。なんで?」

「月《ルナ》が来ちゃったみたい」

「生理になったってこと？」

「うん」

「よし、ここから出よう！」

僕たちは用心深くテントを開くと、懐中電灯で夜の闇を照らした。

緑色の目が光ってるんじゃないかと、半分覚悟しながら。

でも、そこにあったのは木々だけだった。

「1、2、3、ゴー！」

僕たちは山小屋に向けて全力疾走した。

寝袋とマットレスを持って階段を駆け上ると、そんな僕たちを見てフェルナンドは爆笑した。

「ジャガーが怖かったの？」

「はい」

「怖がらなくても大丈夫だよ」

「なんで、そう言い切れるんですか？」

「僕もジャガーだからだよ」

「そりゃあ心強いや。じゃあ僕たち、今夜はずっとあなたのそばから離れませんからね、フェルナンド」

僕たちはポーチに腰を下ろした。

フェルナンドのハンモックから数メートルのところだ。

そして、そのまま深い眠りに落ちていった。


次の日の夜。

待ちに待った大イベントの夜だ。

ようやく、僕たちは〝薬の母〟を飲むのだ。

もしその植物がペヨーテよりも強力だった場合、僕はジェットコースター状態になるだろう。

フェルナンドは僕たちに、気分が悪くなることもあるから横になっておくようにと言った。

フェルナンドが火をおこしている間、僕たちは自分たち用のハンモックを吊るし、準備を整えた。

彼が炎に向かって歌い出した。

そして、悪霊を祓《はら》うために鳥の羽で何かをしていた。

彼はセレモニー用の衣装とたくさんのネックレス、髪には鳥の羽、首にはジャガーの歯をつけていた。

そして、彼の片腕とも言える楽器たちで脇を固めていた。

葉っぱでできたワイル扇、口琴、ハーモニカ、それにシャーマン・ドラム。

彼は火がよく燃えていることに満足すると、アヤワスカを飲むために前に進み出るようにと僕たちに手招きをした。

それは、ものすごく苦《にが》かった。

吐き出さないでいるのがやっとだった。

水を一杯飲んで、口に残っていたものを流し込んだ。

そして僕たちはもう一度横になり、その後に起こることを待った。


20分後。

世界がカラフルな幾何学模様に変化しだした。

すべてのものが、最も素晴らしい形と色のフラクタル形状でできているように見えた。

すべては捻《ねじ》れ、回り、休止し、そしてつながり、同化する。

僕が思い浮かべるすべての思考、僕がしているすべての呼吸が、そのパターンに影響を与えていた。

すべては、つながっている。

僕はその一部だ。

その幻想的な光景にしばらく見惚《みと》れていると、いつの間にか、小さなヘビのような植物の蔓《つる》たちが、僕の周りで踊っていることに気がついた。

それらはゆっくりと、僕に近づいてくる。

まるで、僕の中に入れてもらえるのを待っているかのように。

彼らは、僕が怖いと感じる度、ちょっと後ろに下がってまた近づいてくる、というのを繰り返していた。

しばらく彼らがそうした後、僕は降参し、自分を明け渡した。

そして、植物が僕を乗っ取った。

その瞬間、僕は宇宙に吸い込まれた。

信じられない速さで銀河の中心に向かっていく。

近づいて行けば行くほど、僕は癒しの黄金の光に浸っているような心地になっていった。

完全に圧倒されていた。

涙が頬をこぼれ落ちた。

涙はいつまでも止まらなかった。

このままどこまでも、光の中を旅していたかった。

が、突然反対方向に引っ張られた。

僕はどんどん堕ちていった。

地球に帰っていく。

次の瞬間、僕はジャングルに戻ってきていた。

ハンモックの中だ。

でも、周囲のすべてが変化していた。

まるで、あらゆるものが100倍に拡大されているようだった。

聞こえてくるすべての音が、信じられない程に強烈だった。

それらは聞こえるだけではなく、さまざまな方法で感知することができた。

一つ一つの音が、あらゆる種類の感覚と視覚的スペクタクルを呼び起こした。

その時だった。

どこからか、不思議と懐かしい声が聞こえてきた。

地球《ガイア》の声だ。

地球《ガイア》は僕に話しかけていた。

彼女は僕に囁《ささや》き、触れようとし、僕を掻き立て、誘惑した。

僕はタイムベンダーが、彼女はすごくホットでセクシーだと言ってたことを思い出して、ちょっと笑った。

今、彼女は僕の下で脈動し、僕を興奮させ、僕と戯《たわむ》れ、僕をスルスルと出し入れしていた。

彼女は僕をオンにした。

すると突然、彼女の姿が巨大なコブラに変身した。

彼女は僕の上に立ち、僕に齧《かぶ》りつこうとしていた。

僕を生きたまま食べるつもりだ。

僕は慌てふためいた。

必死に逃げようとしたが、まったく動くことができなかった。

助けてくれ！　死んでしまう！

愛する人に向かって泣き叫ぶ自分がいた。

ビンキーの顔が浮かんできた。

僕は彼女に手を伸ばしたが、その手はもう彼女には届かなかった。

僕はコブラの口に呑み込まれていった。

激しい悲しみ、切なさ、嘆き、そして孤独といった感情の波が押し寄せてきた。

死にたくない！

生きていたい！

地球を愛してる。

生命《いのち》を愛してる。

すべてを、みんなを愛してる。

胃がひどく変な風《ふう》に逆流しだした。

早くハンモックから出て吐かなくてはと思ったが、自分の動きを調節するのが難しかった。

もう、自分の体をどう動かせばいいのかもわからなくなっていた。

脚は言うことを聞かず、頭の中はメチャクチャに回転していた。

僕はどうにかハンモックから身を投げ出すと、ジャングルの外《はず》れまで這《は》っていった。

そこに着くや、僕は崩れ落ち、そして少なくとも一時間は吐き続けた。

あんなに吐いたことなど、未だかつてなかった。

でもそれは、僕を解き放ってくれた。

吐き気が押し寄せてくるたびに、自分の中の悪魔が吐き出されていく光景が目に浮かんだ。

怒り、嘆き、不信、傷心、哀しみ、被害妄想、他にもたくさんの悪魔たちが吐き出されていった。

その間ずっと、僕はあの新しい真言《マントラ》を繰り返し唱えていた。

「愛してる、愛してる、愛してる」

最悪の状態を超え体を起こすと、フェルナンドが僕の隣に立っているのが見えた。彼は僕を扇で仰ぎながら、僕のドラゴンボディに歌いかけ、耳元で古代の呪文を囁いていてくれていた。

「大丈夫?」

しゃがみ込む僕を見つめながら、彼が言った。

「はい、たぶん。介抱してくれてありがとう」

「ハンモックに戻るといい。そしたら眠れるから」


翌朝。

目が覚めると、僕の心は完全に平穏だった。

耳に入ってくるのは、どこからともなく聞こえてくる「愛してる、愛してる、愛してる」という声だけだった。

僕の心はオープンで、まるで子供に戻ったような気分だった。

それは新しい一日の始まりであり、新しい人生の始まりだった。

仲間たちが、朝食の準備をしている。

彼らの目を見ると、彼らもまた、激動の経験をしたであろうことが見てとれた。

皆、口数が少なかった。

アヤワスカの旅について、言葉で表すのは難しい。

それは夢のようなものだ。

夜が明ければ、それはただ、ゆっくりと薄れていく。

フェルナンドは僕に果物のボウルを手渡すと、こう聞いた。

「気分はどうだい？　我が友よ」

「とてもいい気分です、フェルナンド。肩の重荷が取れたような気がします。ありがとう。昨夜してくれたことが何だったのかはわからないけど、とにかくありがとう。

僕にはあれが必要でした」

彼は微笑んで、遠くを見つめた。

「見て」

少し間を置いた後、山の方を指差しながら彼が言った。

「今、雲が生まれたよ」

10　デーモンズ

〝UFO現象は存在します。そして、それは真剣に取り扱われる必要があります。〟

ミハイル・ゴルバチョフ　旧ソビエト連邦、元大統領

2週間後。
ジョン・レノンが僕の夢に出てきた。
彼は白いローブを着ていて、そのせいか、ちょっとキリストみたいに見える。
彼は、枯れた木の下に座っていた。
僕は、彼の方に歩み寄った。
彼は顔を上げ、僕に彼の隣に座るようにと合図した。
彼は微笑みながら、砂の上に一つのシンボルを描き始めた。
それは、エジプトの象形文字のように見えた。
「ジョン、それは何を意味してるの？」
彼は答えずに、ただ木を指差した。

「木？　死？」

返事はなかった。

その時、雪が降り出してきた。

その雪の一片一片《ひとひらひとひら》は、光輝く多彩な色の美しいパターンでできていた。

それらは僕らの体に触れた瞬間、僕らの中へ消えていった。

僕らは二人で笑い合った。

僕は、子供に戻って雪の中で親友と遊んでいるような気持ちになった。

雪の結晶が体の中に入っていくたびに、なんだか自分がアップグレードしていっているような気がした。

まるで、生命《いのち》が大きくなっていくかのように。

体の中に入ってくるエネルギーの量が多過ぎて、体をうまく使いこなせなくなってきた。

恍惚と、極限の緊張を同時に感じていた。

僕の神経系統は、そのすべての新しい情報を捌《さば》くのに悪戦苦闘していた。

でも、それを止《と》めたくはなかった。

僕は目を閉じた。

そして、腕を空に向かって広げた。

もっと、もっとくれ！

宇宙を抱きしめて、そのすべてを受け入れたかった。

少し経つと雪は止んだ。

太陽が照り出してきた。

目を開けてみると、あの木がまた生命を宿しているのが目に入った。

それは、僕が今まで見た中で最も美しい木に変わっていた。

生命の樹だ。

僕は、そのすべての奇跡に打ち震えた。

笑いが止まらなくなって、ジョンを探した。

でも、彼はもういなかった。

僕は周囲を見回して、大声で叫んだ。

「ジョン、どこにいるの？　戻って来て！　今のがどういう意味だったのか、知りたいんだ！」

その時、遠くにいる彼が目に入った。

彼は丘の上の大きな屋敷に入っていこうとしていた。

そこに入ってはいけないと伝えたかった。

そこは取り憑かれているんだ。

悪魔が住んでるんだよ。

僕は彼に向かって叫んだが、彼には届いていないようだった。

ドアを開ける直前、彼は僕のほうを振り返り、あの砂の上のシンボルを指差した。

そして彼はドアを閉めた。

僕はあの木を見上げてみた。

それは死んでいた。


その日の午後。

僕は、ある天体物理学の教授と会う約束をしていた。

銀河や宇宙、星団やブラックホールなど、それらの働きについてもっと理解したいと思い、僕が彼に取材を申し入れたのだ。

ダニエル・リヒテンベルク教授。

彼こそが、それらすべての複雑な問題についての答えをくれるであろう人物だった。

そして、それ以上のことも。

彼は物理学、化学、数学などのハードサイエンスだけではなく、占星術、錬金術、秘儀的な叡智《えいち》についての学識も豊富なのだ。

「紅茶でも？」

「はい、お願いします」

「では、しばしお待ちを。すぐ戻ります」

教授がキッチンにいる間に、僕は彼の本棚をくまなくチェックさせてもらうことにした。

そこには、ヘルメス・トリスメギストスについてのあらゆる書物が網羅されていた。

彼は人類史上、最も偉大な師《マスター》の一人であり、錬金術師、数学者、建築家、植物学者、言語学者、ヒーラー、呪術師、そしてそれ以上の何かであったとも言われている。

古代エジプト人は、彼を別の名で呼んでいた。

彼らは彼を、トト神と呼んだ。

彼ら曰く、あの驚くべき古代エジプト文明を築くためのすべての知識を授けてくれたのがトト神だという。

僕は一冊の本を手に取って、パラパラとページを捲《めく》っていった。

そこで、僕の目は見覚えのあるシンボルに釘付けになった。

ジョンが砂の上に描いたやつだ。

リヒテンベルク教授がお茶を手に戻ってきたので、僕はそれがどんな意味を持つものなのか知っているかと彼に尋ねた。

「どれどれ。ああ、これね。これはアメンタといって、エジプト人たちが使っていた冥界のシンボルですよ。なぜ、このシンボルについて知りたいと思われたんですか?」

「おかしなことを言うと思われるでしょうが、昨日の夜、僕はこのシンボルについての夢を見たんです。僕の夢の中にジョン・レノンが出てきて、それを砂の上に描いたんです」

「本当? それはラッキーだね。ジョン・レノンがそんな風《ふう》に訪ねてきてくれるなんて。私も彼の大ファンでね」

「おお、心の友よ! 僕はビートルズはそのうち、世界の七不思議の一つに数えられると思っているんですよ。僕にとって、彼らはギザの大ピラミッドやバビロンのハンギングガーデンに匹敵する存在なんです」

「同意します。彼らはまるで天使のようでした。彼らによって世界が救われたという論証さえあるのですよ」

「本当ですか? どうやって?」

「60年代に一度、大災害を引き起こしかねないと言われていた惑星のコンジャンクションがありました。私も何か大きなことが起きるだろうと予見していました。でも何も起こらなかった。

私はなぜそういう結果になったのか皆目見当《かいもく》がつかず、自分のグラフを何度も何度も見返しました。何が抜け落ちていたと言うのか？　そして、ある時ひらめいたのです。その干渉は宇宙からのものではなかった、地球からのものだったんだと！　ビートルズ効果が展開の流れを変えたのです」

「ビートルズが、地球規模の厄災を防いだって言うんですか？」

「その通りです。彼らの音楽と新しいライフスタイルによって生み出された幸福、歓喜、興奮の振動数が原子の動きを加速させたのだと、私は考えています。彼らがより高レベルのバイブレーションを生み出してくれたおかげで、地球が加速度を増していったのだと。それは、人類の祝福によって引き起こされたものだと言っていいでしょう。

より高い周波数に入っていくにつれ、人類は私のグラフが示していた壊滅に向かうタイムラインから抜け出し、新たな可能性のタイムラインへと入っていったのです。チョコレートでも、いかがですか？」

「はい。お願いします」

彼は自分のデスクまで歩いていくと、金色の箱を取り出した。

タイムベンダーがくれたのと同じものだ。

「あっ、それ。前にも見たことがあります。ヒーリング・チョコレートなんですよね。でしょ?」

「そうです。これはチョコライトといって、ここからそう遠くない場所にある工場で作られているんですよ」

僕たちはソファに腰を下ろし、教授は僕がそのチョコレートを食べ終わるのを待っていてくれた。

それは心を落ち着かせ、和らげる効果があった。

僕は大きく息を呑んで、微笑んだ。

「おぉ! このチョコレートには何が入っているんですか?」

「これぞ、錬金術効果です」

「それですよ、それ。僕も買いに行かなくちゃ」

「では、お帰りになる前に住所をお教えしましょう」

「ありがとうございます。

リヒテンベルク教授、インタビューに入る前に、あなたにお尋ねしたいことがあるんです。何年もの間、僕を悩ませてきたあることについて。あなただったら、何かご存じゃないかと思って。

ジョン・レノンが殺された時、僕は彼の曲を何時間も聴き続けていました。彼が最後に書いた曲の歌詞が、今でも頭にこびりついて離れないんです。彼は自分の身に何かが起こることをわかっていたんじゃないかっていう気がして。あなたは、彼が自分の身に起きることを知っていたと思いますか？」

「何と言えばいいのか。彼が身の危険を感じていたことは、もちろん知っています。彼には大きな影響力がありましたからね。

彼はＷａｒ Ｉｓ Ｏｖｅｒキャンペーンのような政治的啓蒙《けいもう》活動で何千万人もの彼を崇拝する若者たちに直接訴えかけ、世界中のメディアをも巧みに利用していました。ある種の人々にとっては、彼は世界で最も危険な男だったと言えるでしょう。

彼は常にＦＢＩの監視下に置かれていました。アパートは見張られ、彼自身も尾行され、電話も盗聴されていた。どうやら彼を恐怖に陥れることが目的だったようで、彼らはあえて派手に振る舞っていたようです」

「彼が殺されたのは、エスタブリッシュメントたちにとっての大きな脅威となりつつあったから、ということですか？」

「私はそう考えています。レノンはスピリチュアル的闘争に没頭し、殊《こと》のほか邪悪な闇の檻を揺さぶっていたのですから」

「じゃあ、あなたは、彼を殺したのは注目を浴びたかった孤独な狂人ではなかった、と言うんですね？」

「私は、マーク・デビッド・チャップマンは自分が何をしていたのかわかっていなかったという説を支持します。彼は、いわゆる鉄砲玉にすぎなかった。検察官は動機を特定できないまま、お馴染みのセリフでお茶を濁しました。彼は注目を浴びたかったのだと。

そこで引っ掛かるのは、チャップマンは報道陣と話す気すらなかったということです。犯行現場でチャップマンと最初に話をしたオコナー刑事は、彼はプログラムされてるかのようだったと話しています。彼の動きはまるでゾンビのようで、警察に逮捕されるのを待っているかのようにブラブラと辺りを徘徊《はいかい》していただけだったと」

「チャップマンは動機について何か語ったことはないんですか？」

「彼が、頭の中で『やれ、やれ、やれ』と言う声を聞いたと語っているBBCのドキュメンタリーがあります。彼は銃を向けたことも引き金を引いたことも記憶になく、何の感情の揺れも憤りも感じていなかったそうです。彼自身はそれを〝脳の沈黙〟と表現していました」

教授とのインタビューの後、僕はその足でザウダスに向かった。

ジョンの死の責任を問うべき者がいるとすれば、それはヒドゥンハンドだ。

彼があの暗殺とその背後の動機について、どう言うのかが知りたかった。

この胸の痞《つか》えを一掃したい、その一心だった。

ロビーは相変わらず殺風景だった。

その上、今回は、あの不気味な秘書の姿さえ見えなかった。

彼女を待つこと数分。

僕は、最上階へのエレベーターのドアが開いていることに気づくまで、しばらくそうしていた。

エレベーターに乗って、最上階のボタンを押した。

また、あの寒気が蘇ってくる。

ドアが開くと、ヒドゥンハンドがデスクの奥に座っているのが見えた。

まるで、僕が来るのを予期していたかのように見えた。

「どうぞ、お座り下さい」

「恐れ入ります。こんな風に押しかけてしまって申し訳ありません。あなたにお聞きしたいことがあって。

長年、僕の心の奥に閊《つっか》えていたもの、ジョン・レノンの死について、あなたにお聞きしたい。それを指揮したのは、あなたですか？」

彼は僕の無知さ加減が信じられないとでも言いたげに、眉をつり上げた。

「どうやら、あなたはまだ自分が何に対峙《たいじ》しているのかを理解されていないようですね」

「そのようですね」

「あなた方の政府を操っている者たちというのは、本来の性質から大きく外れ、彷徨《さまよ》い続けている存在です。彼らはもはや、天然のライフ・フォースを利用することができない。だからその代替として、ネガティヴなエネルギーを餌《えさ》として求めているのです。彼らはもう〝ホーム〟に還るつもりはないのです。彼らはあなた方を恐怖に陥れることで、あなた方からエネルギーを採取しているのです」

「じゃあ結局のところ、彼らも僕たちと同じで、ただこのゲームに囚われているだけってことじゃないですか?」

「その見解は正しいと言えます。彼らは第4密度のネガティヴサイクルに囚われています。

　彼らには、あなた方を収穫する必要があるのです。なぜなら、この密度を越えるとネガティヴな収穫はないからです。彼らは長期にわたって、銀河を彷徨い続けてきました。本質的に目的達成のためにフォースのダークサイド、つまり、ネガティヴな力を行使する存在なのです」

彼が僕が投げかけた問いから話を逸《そ》らしていることは、わかっていた。

彼は、彼とその一族が情け容赦なくジョン・レノンを殺したことについて、未だ何も明言していない。

だが、彼が押せばどうにかなるタイプではないというのは、火を見るより明らかだった。

僕は彼の話に調子を合わせてみることにした。

「なるほど。そういう存在たちが僕たちの恐れの感情を餌とするために、僕たちをネガティヴなループに留めているというわけですね。そこまではわかりました。でも、そのネガティヴな収穫っていうのは一体何なんですか？」

「収穫とは、再生計画が実行に移される、宇宙の大きなサイクルの特定の時期を指します。現在あなた方の惑星は、第4密度にアセンションしようとしています。その上昇期間中に、地球にいる魂たちの道は三つに分岐していきます。

ネガティヴ極性が優位の者たちは、私たちがネガティヴ――自己への奉仕とも言えますが――の収穫を経てここを卒業する時に、我々と道を共にすることになります。

我々、つまりルシファーは、ネガティヴな力が創造したものから発生したカルマ的影響、その中で自分が関わったパートのすべてを、この地球上から除去しなければなりません。そしてそれが済むと、我々は解放され、元の役職、第6密度の監視役ならびに銀河系全体を網羅《もうら》する叡智の指南役、という地位に復職します」

「ポジティヴな人々はどうなるんですか？」

「ポジティヴ極性が優位な者たち、愛と光の者たちは、愛と思いやりの学びと実践への取り組みを開始するために、新しい高次元の美しい地球にアセンションすることになります。それはとても美しい、黄金時代となることでしょう。

第4密度はあなた方の真の能力、無限なる創造主の個性的でユニークな面としての能力を開花させます。それはとても不思議な、夢のような時間となるでしょう」

「じゃあ、それら両極の中間にいる人たちは？」

「そのような、いわば〝ぬるま湯〟のような者たちは、その瞬間、ゼロポイント時間を体験することになります。恍惚の時間です。その時彼らは、創造主との完全なる一体感を感じることができます。創造主は彼らの記憶を呼び覚ますよう彼らに呼びかけ、再び忘却のヴェールが彼らの上に降りて来るまでの束の間、彼らが本当は誰であるかを彼らに垣間見せてくれるでしょう」

「それじゃあ、その人たちは何かが起きたってことにすら気づかないってことですか？」

「その通りです。移行が完了するとゼロポイント時間は終了し、その瞬間、彼らは新しいゲームゾーンに出現しています。彼らにはすべてが同じように見え、同じように考え、同じように感じるでしょう。それはさながら、皆が少しばかりの神秘体験をしたけれど、ただ普通の日常生活が続いていくといった感じです。同じ家、家族の状況、仕事、友達、恋人。彼らはすべてが以前と同じだと感じるのです。

彼らはグレートハーベストや、地球《ガイア》が彼女自身を治癒し再生した時に起こった変化を思い出すことはできません。しかし、自分たちの身に起きた神秘体験の記憶を呼び起こすことはできます。それは彼らに希望と、自分自身のためによりポジティヴな未来を選択するための新たな機会を与えてくれることでしょう」

僕は、ヒドゥンハンドが彼の職務を全うしなければならない理由を理解した。

彼は〝卒業〟するために、可能な限りネガティヴである必要があるのだ。

でも、彼の言う〝ゲーム〟というのは、どうにもアンフェアなものに思えた。

「あなた方はマインドコントロール、遺伝子工学、時空旅行、ロボット工学、インプラント、電子グリッド、その他、各分野において、目覚ましい進歩を遂《と》げました。我々の行く末は、ほぼ絶望的と言っていい。それが故に、目覚めた者が出るたび、彼らは亡きものとされてきたのです。ジョン・レノンの身に起きたことのように。

ですが、その件について、あなたは物事を間違った角度から捉えてしまっています。それを一つのテストだと捉えるのです。例えば、今までこんな風に感じたことはありませんか？　あなたが『これぞ、真実だ！』と感じる何かを見つける、すると今度はあなたがそれを疑うように仕向ける何かが起きる、なぜいつもそうなるのかと。それは常に起こります。完全にそう設計されているからです。

しかし、あなた方にはそれを理解することができない。なぜならそれは、第3密度での理解を超えた領域で発生するものだからです。その領域では、あらゆるものが同じ地点に存在し、つながっています。それがシンクロニシティと呼ばれるものです。

万事が無限なる創造主の独創的かつ創造的マインド、優れたユーモアと皮肉のセンスといった、不可思議な一面の表れなのです」

「じゃあ、ジョン・レノン殺害はその優れたユーモアセンスの一端で、単に僕たちの信念に対するテストだったっていうんですか？」

「おわかりになってきたようですね。お怒りはごもっともです。

でもあなたは、そのテストがどのように機能するのかを理解されていますか？　あなたが何か、その価値を理解してみたいというものに出会い、それをあなたの本質の概念に統合すると決めたとします。するとそこで、新たに会得する信念への課題が発動するのです。それは通常何かの出来事、あるいは何かの方法、例えばあなたを思いとどまらせることを他人が言ったりする、というような形で現れます。新たに発見した真実が本当に真実であるかどうか、試練を乗り越えずして、どうやってわかるというのですか？

つまり、真のテストとはそこなのです。課題に直面した時に、外の世界に見せられているものを信じるのか、もしくは己の奥深くにある真実だと感じられる思いをしっかりと持ち続けることができるのか」

「正直言って、僕には何が真実で何が偽りかなんてわかりません……っていうか。ははは、笑っちゃうよな。闇の帝王だかペテンの帝王だか知らないけどさ、勘弁してよ。そいつに真実と偽りについて教えを乞う？　何やってんだよ、俺。お前の言うテストってなんだよ。そんなもん、ただの罰じゃねえか！」

彼は葉巻に火をつけ、天井に向かって輪を吹きかけた。

そしてすぐには反応せず、気の済むまで自分の世界に浸《ひた》っていた。

二人の間に緊張の糸を張り詰めさせたまま。

そして、彼は言った。

「カルマの法則によって齎《もたら》される結果は罰ではありません。それは学習ツールであり、個人の成長と発達を促すために用意されたものです。

もしあなたが、すべては自分の行動の帰結であると考えることができれば、次にそれが起きた際には、別のコースを選択する公算が高まります。カルマのサイクルは、あなたが自分自身のために企図《きと》した教訓を学び終えれば終了します。同じ過ちを繰り返してしまった場合は、終了のメッセージを受け取るまで、そのサイクルを継続することになります。

ですから、あなたは、あなたが旅路で出会うすべての人々にとって、自身の存在がポジティヴで有益な影響を与えている、と確信を持って言える道を見つけ出さなければならないのです」

僕は、猜疑心《さいぎしん》ここに極まれりといった目つきで、彼を見返した。

「はあ？　すべての人だ？　会う人すべてに有益でポジティヴであれだ？　どの口が言ってんだ。平気でジョン・レノンを殺したくせに！」

言った、言ってしまった。

彼の眼は笑っていなかった。

彼はただ昏く鋭い目つきで、僕をじっと見つめていた。

その時、僕は急に思い出した。

この男はルシファーだった！

僕は恐怖に胸が締め付けられ、自分が呼吸できなくなっていることに気がついた。

僕は咄嗟《とっさ》に、こう言った。

「あなたを責めてしまって、すみませんでした。お詫びします。

ただ一つ言えるのは、僕が未だにジョンの死を乗り越えられていないということです。彼は僕にとって、とても大切な人でした。自分の友達のように思っていたんです」

彼は、視線を下に向けたまま頷《うなず》いた。

「お察しします」

そのあと、彼は一分間以上押し黙ったままだった。

どう見ても、僕の心情にどう応えるべきかと考え込んでいるように見えた。

そして、さっきよりも穏やかな声で、彼はこう続けた。

「あなたは、我々がこのゲームを楽しんでいると思われているのでしょう。しかしネガティヴであるということは、我々にとっても非常に辛いことであるということをご理解頂きたい。

我々が演じる登場人物たちは皆、その役柄を楽しんで演じています。なぜなら、我々はそのようにプログラムされているからです。ですが肉体を超えたレベル、霊的レベルではつらいのです。そりゃあもうキツいのです。

我々がこのサイクルから抜け出すためには、できる限りネガティヴになるという以外に道はないのです。我々はポジティヴになることを選択することはできません。それは、我々があなた方のためにここに来た目的とは異なるものだからです」

彼は再び黙り込むと、天井に向かって煙の輪を吹き出した。

そして、ほとんど懇願《こんがん》するかのような声で続けた。

「我々はネガティヴであらねばならぬ、ということをご理解頂きたい。ネガティヴな収穫がなかった場合は、次のサイクルに持ち越されるという掟《おきて》なのです。我々はそのために、ここに送られてきているのです。

我々の契約とは、触媒を提供するという形であなた方をサポートするというものなのです。それこそが、我々からあなた方への捧《ささ》げ物なのです」

そこで彼は背筋を伸ばし、よりフォーマルな様相を呈《てい》したかと思うと、機械的な口調でこう言った。

「大変申し訳ありませんが、ここで終わりとさせて頂きます。私はこの良性の対談の埋め合わせとして、極めて卑劣な汚れ仕事をいくつかせねばなりませんので。

その仕事が何であったかを、すぐにあなたも知ることになるでしょう。

では、私の秘書があなたを出口までご案内します」

11　サーシャ

〝それは、今まで見たものの中で最も度肝を抜くようなものでした。それは大きくて、とても明るく、さまざまな色に変化していました。大きさは月くらいでしょうか。私たちは、それを10分間ほど観察していましたが、誰もそれが何であったかという答えを見つけることはできませんでした。一つだけ確かなことは、私が今後、空に未確認物体を見たと言う人を嘲笑《あざわら》うことは決してないだろうということです。〟

ジミー・カーター　元アメリカ大統領

ヒドゥンハンドを訪ねた次の1週間のことは、僕が思い出すことができる記憶の中でも最もおぞましいものの一つだ。

毎日と言っていいほど、爆弾が爆発したり、地震が起きたり、嵐が荒れ狂ったり、政権が崩壊したり、デモ隊が手に負えなくなったり、異常な事件で人々が殺されたりした。

体のほうも、急速に衰弱していった。

高熱が出て、食べても飲んでも何一つ持ち堪えられず、常にトイレに駆け込んでいた。

僕の掛かり付け医は、僕がコロンビアからウイルスを持ち帰ったのだと言って、強い薬を処方した。

これは、ヒドゥンハンドの仕業なのか？

ベッドから天井を見つめながら、そんなことを考えていた。

でももし本当にそうなのだとしたら、なんで僕が責められなければならないんだ？

彼に多くの時間を使わせた、そのせいで彼は残虐行為で埋め合わせをする羽目になった、それだけじゃないか。

僕はそこでハッと我に返った。

僕は今、あの罪悪感に陥っている。

ヤハウェが人類を楽園から追い出した時に人間たちに課したという、あの罪悪感に。

「そっちに行ってはダメだ」

僕は自分自身に言い聞かせた。

僕は頭の中で、あるゲームをして遊ぶことにした。

破滅的なことを考えている自分自身に気がついたら、その考えを根底まで辿《たど》っていくのだ。

するとそういう考えのほとんどは、意味もなく自分のことを出来が悪くて価値がない、罪深い悪人だと思い込んでいるせいだということに気がついた。

そんな風に考えている時は、他の人のことも悪い人間で間違っていると、勝手に決めつけている。

彼らを敵だと見做している。

僕は自分の内側を見ようとすればするほど、そのヤハウェが導入したという原罪という概念が、本当に長い間、人類を追い込んでいたのだということに気づかされていった。

今こそ、その破滅的な概念から抜け出す時だ。

アダムとイブは、知恵の木の実を食べることを選択した。

生命の樹の一部になりたかったから。

それによって、彼らが悪い人間で、過ちを犯した罪深い人間になってしまったと言うのか?

成長し、進化し、真に生きることを望むことの、どこが過ちなんだ?

もしそれが僕たちの罪であるというのなら、僕は声を大にして言おう。

「そうです。僕がやりました。そして僕はそれを誇りに思っています！」

1週間後。

僕は高速道路のA2線をハーレム方面に向かって走りながら、そのいくつかの考えについて思いを巡らせていた。

体調はまだ万全とは言えなかったが、2錠のアスピリンとストロング・コーヒーで、なんとかそこに足を運べるまでになっていた。

その日は、チョコライトを製造している人たちとのアポイントがあったのだ。

ダニエル・リヒテンベルク教授を訪問した後、僕は製造所《ファクトリー》に電話をして、この素晴らしいチョコレートの話を書かせてもらいたいのでお会いしてもらえないか、と彼らに頼んだのだった。

ファクトリーは、ハーレムの市街地を出てすぐのところにある砂丘地帯に、美しい佇《たたず》まいで建っていた。

どんよりと薄暗い日だったが、朝10時頃に僕がそこに着くと、その場所は眩しく光輝いていた。

僕は車を停め、正面玄関まで歩いた。

ドアは開いていた。

一人の若くて美しい女性が、そこで僕を出迎えてくれた。

瑠璃色の瞳、長いブロンドの髪、青いキャットスーツに身を包み、体中からバイタリティが溢れ出していた。

彼女は僕に両手を差し出すと、その手の中に少なくとも10秒は僕の手を包み込んだ。

温かい微笑みを浮かべながら、彼女は言った。

「ワラヤと申します。お越し頂いて光栄です。コートをお預かりしますね」

「どうもありがとう」

僕はそう言いながら、心の中で考えていた。

〝ヒャッハー！　あのチョコレートが、僕にもあんな風に効いちゃうとしたら。〟

僕はもう、あのチョコレートに心を鷲掴みにされていた。

彼女はそんな僕の心を読んだのか、ちょっとからかうように微笑むと、僕の腕を取った。

「どうぞ、こちらへ」

キラキラと光る石でできた長い廊下を、彼女に導かれながら歩いていく。

それは大理石のようにも見えたが、もっと透き通っていた。

まるでクリスタルのようだ。

壁は、光源は見当たらないのに発光しているかのように見えた。

廊下の突き当たりには大きな鉄の扉があり、僕たちが近づくと、その扉が開いた。

彼女が僕に、中に入るよう促した。

僕は驚嘆の声を上げた。

「うわぁ。ここはチョコレート工場っていうより、まるで宇宙船ですね。ここでチョコライトを作っているんですか？」

「はい、そうです。そこの大きなドラム缶にはそれぞれ違う原材料が入っていて、それらを特定の分量で、あそこにあるクリスタルマシンで混ぜ合わせるんです」

「あれは、クリスタルでできているんですか？」

「はい。ここでは私の出身地原産のクリスタルが、たくさん使われているんですよ」

彼女の出身地を尋ねる前に、ホールの反対側から三人の人たちが入って来た。

一人は大きな金色の瞳を持つ年配の女性だった。

その女性はワラヤと同じタイプの服を着ていたが、色は少々暗めだった。

二人の男性のうち若いほうは、大きな青い瞳と、ほとんど白に近い銀髪で、際立ってハンサムだった。

そして、年配の紳士のほうは……

「タイムベンダー！　あなたなんですか？」

彼だと認識することはできたが、その顔は、僕が覚えているよりも何歳も若く見えた。

「ごきげんよう、我が友よ。そうです、私です。すぐにご説明致しますので。もうワラヤにはお会いになられましたね。では、他のプレアデス人の友人たちをご紹介しましょう。サーシャとレイアンです」

二人は光り輝くような笑顔で、僕の手を取った。

そしてサーシャが言った。

「何かお飲み物でもいかが？　それから、まずは手始めに、チョコライトをいくつかいかがかしら？　はい、どうぞ。あなたには、その強力な〝錠剤〟の一つが必要になるでしょうから」

僕は腰を下ろし、そのチョコレートを味わってみることにした。

そのチョコレートには、二匹の蛇が絡み合うシンボルが描かれていた。

僕はそれを口に放り込んだ。

そして、思わず目を閉じた。

それは、舌の上でゆっくりと溶けていった。

なんだかグッとくる感覚があった。

それは喉を滑り落ちていき、胸とお腹ら辺のすべての臓器に癒しの感覚をもたらしていった。

文字通り、エネルギーが体を駆け抜けていくのが感じられた。

これはチョコレートなんかじゃない、魔術だ！


彼らは、僕がこの経験を味わい尽くすのを待っていてくれた。

そして頃合いを見計らって、タイムベンダーが言った。

「またお会いできて何よりです、我が友よ。でも、体調がすぐれないようにお見受けします。このチョコレートをお試し下さい。ただし慎重に。それは非常に強力ですので」

そのチョコレートは、とんでもなく不味《まず》かった。

アヤワスカと同じくらいの不味さと言ってよかった。

げっそりとした顔の僕を見て、タイムベンダーが笑った。

「〝良薬は口に苦し〟です。私たちは痛みから知り、痛みは回復を助けます。しかしだからと言って、あなた方が不当にそう信じ込まされてきたように、苦痛に耐える必要はないのです。

あなた方は本来、病気になる必要などないのです。老いる必要すらありません。

あなたの前に若返った姿で登場してみせたのは、そのことをお伝えしたかったからなのです。

老化と死という構想は、あなた方の種《しゅ》がプログラミングされてしまったものと言っていいでしょう。それはあなた方自身が、自分たちは老いて死ぬものなのだろうとプランニングしてしまうせいなのです。そしてあなた方は実際にそのようにしてしまう、という訳です」

彼は僕を見つめながら、僕が話を飲み込めるまでじっと待っていた。

そして、彼は言った。

「プレアデス人の友人たちは、もうずっと前にそれを使いこなせるようになりました。あなたはワラヤの年齢は何歳だと思いますか？　推察できますか？」

僕は少し近づいて、ワラヤのことを見た。

彼女の肌はとても滑らかで、シワもほとんどない。

白髪の兆候も見当たらない。

背筋はまっすぐ伸びていて、筋肉もついている。

それに何より、彼女からはバイタリティとしなやかさが感じられた。

「うーん」

僕は遠慮がちに言った。

「そうですね、彼女の特徴から判断したら35歳くらいだと答えるでしょうね。でも彼女の目とそこに宿る聡明さを見たら50歳と答えると思います。推測するのは難しいですね。ワラヤ、君は何歳なの？」

「350歳」

「えーっと。あの、もう一つチョコレートを頂けないでしょうか？　できれば彼女と同じやつを」

皆が笑った。

「タイムベンダー、それってつまり、もし僕が老化と死についての考え方を変えることができたら、僕もこんな風に長生きできるようになるってことですか？」

「そうです。もし、あなたがプログラミングを変更できるか、もしくは考え方を変えることができれば、あなたは永遠の命を手に入れることができるでしょう。まぁそのためには、一般的に考えられているように〝意識が身体の中にある〟のではなく、〝身体が意識の中にある〟ということを理解する必要があるのですが。意識を変えれば、身体も変わるのです」

「目から鱗《うろこ》です！」

「そうなのです。すべては意識の中にあるのです。それ以外のどこにあると言うのですか？　あなたに課された次の任務は、意識を開き、プログラミングされた限定的な考えを拡大することです」

「僕、最近ちょっと自己分析してみたんです。そしたら、頭に浮かんでくる考えの多くが自分のものではない概念から来ているってことに気がついたんです。たとえば原罪とか」

「素晴らしい。実に素晴らしい！　ほとんどの人は自動操縦モード状態で機械のようにプログラミングされているだけの状態です。私たちはあなたの目覚めをサポートするために、今ここにいます。そしてあなたは私たちと、植え付けられた限界意識と信念体系から自分自身を解放するのです」

レイアンが話に加わった。

「存在のより高いレベルでは、生命体はコード、音、数字、記号から構築されています。そのコードにアクセスすることができれば、あなたは自分でシステムを再プログラミングすることができるのです。自分がなりたいと思う、どんなものにでもなることができます。その領域にアクセスすることができれば、現実の再構築と、時間を歪《わい》曲《きょく》することが可能になるのです」

隣に座っていたサーシャが僕の手の上に自分の手を置いて、愛情深くギュッと握りしめた。

「私たちはあなたがコードをアクティベートできるよう、サポートするためにここにいるのですよ」

　彼女が続けた。

「そのサポート方法の一つが、このチョコレートです。そこに描かれているシンボルには、それ独自の生命が宿っています。

　シンボル、コード、そして数字。それらは謂《い》わば一つの言語、情報を受信するための手段としての言語です。それは考えずにただ会得するもの、ダウンロードするようなものなのです」

　タイムベンダーが体を前に反らせて、警告するように指を上げた。

「そうなのです。しかしすべては、そのダウンロードするための潜在能力を実際に開かないことには始まりません。あなたは、それを信じなければなりません、そうしない限り、それが起きることは決してありません。

〝見ることは信じることなり〟という既成概念を、〝信じることは見ることなり〟に変えるのです。

　あなたの次の任務が〝あなたの条件付けられた意識に完全に気づくこと〟である理由は、そこにあるのです。

　ひと度《たび》ある特定のプログラムや埋め込みがあることに気づくことができれば、あなたはその信念体系を解体することができるでしょう。さあ、もう一つチョコレートをどうぞ」

そのチョコレートには、ジョン・レノンが夢の中で僕に見せてくれた刻印、あの冥界のシンボルが描かれていた。

漆黒のチョコレート。

僕は躊躇《ちゅうちょ》した。

「本当にこれを食べろって言うんですか？」

「食べるのです。人類のために」

「……はい」

僕は目をつぶり、それを舌の上に置いた。

その焼けつくような刺激は、次第に炎へと変わっていった。

気分が悪くなって、もう少しで吐きそうになりながら、咳とくしゃみとゲップをいっぺんにした。

「大丈夫よ」

サーシャが僕の背中をトントンと叩きながら言った。

「あなたは今、トラウマを解放しているのです。それはいいことなのです。全部吐き出しておしまいなさい。あなたは、特定の情報の呼び水となる幾何学構造が埋め込まれた状態なのです。それらを放出してしまわなくては」

最悪の状態が過ぎ、僕は涙を拭って少し水を飲んだ。

皆が僕の回復を待っていてくれた。

すると、サーシャがおもむろに椅子から立ち上がった。

皆が一斉に彼女のほうを向いた。

そして彼女が何かを言う、もしくはするのを待った。

突然異様な雰囲気になってしまったので、僕には何が何だかさっぱりわからなかった。

サーシャは窓際まで歩いていき、窓の外の松の木を見つめていたかと思うと、僕のほうに振り返った。

彼女は少し哀れっぽく、何か重たいものを背負っているかのように見えた。

彼女が重苦しい声で話し始めた。

「私はあなたに対して、全面的に正直でありたいと思っています。だからあなたに、私たちがなぜここにいるのか、その理由をお話ししたいと思います。それはあなたの解放サポートのためでもありますが、私たち自身の救済のためでもあるのです。そう、私たちは過去にあなた方に対して、ある大きな過ちを犯しました。私たちは、あなた方の自由意志を妨害したのです。

1万3千年前、あなた方の惑星がフォトンベルトを通過していた時のことです。その電磁エネルギーの星雲は、あなた方の惑星がポールシフトしてしまうほどの大変動を引き起こしました。それが氷河期の引き金となりました。その衝撃に見舞われた時のあなた方の痛みを私たちは感じることができた、そしてそのせいで、私たちは深く関与し過ぎてしまった。私たちはあなた方を救うために、いくつかの集団を安全な地域に導きました。そして最も凄まじいポールシフトの瞬間には、あなた方のうちの何人かをこの惑星から退去させました」

彼女は視線を落とし、足元を見やった。

「私たちはわかっていなかったのです。あなた方の学習過程における潜在的な量子飛躍を妨げてしまったことを。あのフォトンベルトの経験は、あなた方の学習と進化において必要な触媒であったということを。私たちは、あなた方が両極のバランスを取るプロセスにあったということを理解していませんでした。なぜなら、私たちはそのようなプロセスを経験していないからです。

私たちは思いやりの域を超えて、憐憫《れんびん》の域に陥ってしまっていました」

彼女は再び顔を上げると、胸が詰まったような声で続けた。

「その混沌の中で、あなた方は私たちのことを、神に違いないと信じ込んでしまった。そして、自らを人身御供と位置付けてしまったのです。それはあなた方の歴史上で初めてのことでした。

でもあなた方はもう、そこからシフトしました。あなた方がこれまでの経験や感情の蓄積を意思表示するための準備ができたので、地球《ガイア》のエクスタシーが地軸をずらしたのです。あなた方が恐れを超越する準備ができたので、私たちはあなた方への関与に終止符を打ちました。私たちが同じ過ちを犯すことは二度とないでしょう」

彼女の目から、また涙が溢れ落ちた。

レイアンとワラヤも涙を拭っていた。

プレアデス人がとても感情的な種族であるということに、疑いの余地はないようだ。

彼らは感情を表に出すことを恐れない。

僕は彼らに同情した。

でもその瞬間、僕はハッとした。

憐憫の情は、僕を愉快な気持ちにさせる感情ではない。

その行く末はどこか。

今の彼らだ！

僕は、感情を思いやりに切り替えた。

「正直に話してくれてありがとう、サーシャ。僕もあなたたちの痛みを感じることができました。そしてあなたたちがここにいる理由と、僕たちとあなたたちの進化過程がどう相関するのかが、やっとわかった気がします」

「わかって下さってありがとう。あなたと地球の素敵な住民の皆さまに、心からお詫びします。あなた方の進化への有害な介入の責を負い、私たちは天の法則によって、あなた方の進化と連動していくことを決定づけられています。あなた方をポジティヴな方法で助け終えるまで、私たちも進化することはできません。私たちは、今よりも先に進む前に、あなた方が私たちの段階まで追いつけるように手助けしなくてはならないと、実際に言い渡されたのです」

彼女は、ため息をついた。

「私たちの文明――あなた方がいる場所から未来に当たる場所ですが――は、苦境に立たされています。私たちのシステムは、あなた方なしではどこにも行けません。あなた方が進化しない限り、私たちも今以上に進化することはできないのです。だからこそ私たちは、あなた方が自分の価値を認識できるようになることを待ち望んでいるのです。それができた時、あなた方から数式のコードが発せられるようになり、その数式が実存するようになった時、私たちはあなた方が体内に収容しているコードとマスターナンバーにアクセスできるようになります。それらのコードには、あなた方と私たちを解き放つ歌が含まれていて、それらが周波数としてあなた方の細胞から流れ出すのです」

「なんて美しい！」

「ええ、本当に。この地球上には、今現在、宇宙において切に求められている素晴らしい情報の数々が保存されています。そのコードには、生命を複製するための数式も含まれている。あなた方人類は図書館のカード、〝リヴィング・ライブラリー〟の鍵なのです。あなた方を通して、地球のライブラリーに保存されているあらゆる情報にアクセスすることが可能となるのです」

サーシャは再び僕の隣に座ると、涙を流しながら笑顔を作って、もう一度僕の手を取った。

「聞いて下さって本当にありがとう。私にとって、そして私たち全体にとって、これはとても意義深いことです。私たちはあなた方から学ぶことができます。あなた方は私たちの過去です。あなた方は私たちから学ぶことができます。私たちはあなた方の未来です。でも私たちはもう1万3千年前のように、あなた方に援助を押し付けることはないでしょう。

ですから、もしあなたが私たちのサポートを必要とするのなら、あなたは私たちに明確にそれを要請する必要があります」

「わかりました。ここに、僕の任務について、明確にご協力を要請します」

「ありがとう。私たちはあなたのためにいます。あなたには私たちがついています」

彼らは皆、心から安堵《あんど》した様子だった。

そして、子供のような熱心さで僕のことを見つめていた。

僕は自分の顔が赤くなってくるのを感じ、速攻で言った。

「で、何をすればいいんでしょうか?」

「地球は、リヴィング・ライブラリーとしての全機能を取り戻すことができる周波数に突入しようとしています」

サーシャが言った。

「あなたには、もう一度そのライブラリーにアクセスするための鍵《キー》になってもらいます。あなたは、12本鎖DNAと脳の全容量を持つことになります」

「なんか、すごい」

「でもそれを起こすためには、あなたが自分自身の価値を理解していなくてはなりません。この宇宙の多くの存在が、あなた方のことをかけがえのない存在だと見做しています。でも、あなた方が自分の中のギフトにアクセスするためには、あなた方自身でそれに気づくことが必要なのです。あなた方に保存されている膨大なデータをめぐって、果てしない戦いが繰り広げられてきました。あなた方は意図的に、その宝物に気がつかないようにさせられてきたのです。あなた方は故意に、自分は取るに足らない存在、価値のない存在だと教え込まれてきました。違う形態の知的存在が、あなた方の元を訪れコンタクトできないようにするために」

タイムベンダーがそこに割って入り、僕に任務のことを思い出させた。

「だからこそ、あなたは自分の破滅的概念に気づかなくてはならないのです。そして、それに終止符を打つのです」

「どうやったら、それに終止符を打つことができるんですか？」

「まずは今日から、自分が発した言葉を入念に観察してみて下さい。そして自分が何回、同じ言葉を繰り返したのかをメモして下さい。あなたが思った、だからそうなった、それを腑《ふ》に落とすのです。思考、とりわけ何度も反復された思考や言葉には、現実を実体化する力があります。自分自身に耳を傾けるのです。自分の口は何を繰り返し宣誓しているのかということに。そして、ジャッジをやめるのです」

「それは簡単なことではないですね。僕は自分が常にジャッジをしているということに、自分自身でも気がついています。それをやめるための、何かヒントとかコツのようなものはないでしょうか？」

「ただ、やめるのです。そのフレーズを考えている途中でそこに割って入り、自分自身に問うのです。自分は何を見落としているからこのジャッジをしているのか、と。

ジャッジをしている時というのは、もっと大きなストーリーの流れが見えていない時、そして情報から自分自身を切り離して考えている時です。あなた方は、知見した情報を収集したものの集合体です。人や状況をジャッジするということは何であれ、自分自身を虐《しいた》げるのと同じことなのです」

「心の眼で、自分の条件付けと埋め込みが見えている時というのは」

サーシャが言う。

「ニュートラルゾーンにいる、ということなのです。そこであなたは、あなたを動かしているものをも見るでしょう。あなたの体験のすべては、あなたの思考パターンから来ています。常に思考が先で、体験はその後です。決してその逆になることはありません。あなたの経験は、あなたの思考がそのまま映し出されたものです。だからこそ、ジャッジから抜け出すことがとても重要になってくるのです。あなたが誰か他の人や、何か他のものをジャッジしている時、あなたはあなたの現実の限界を設定してしまっているのです。あなたは自分自身とボクシングをしている。あなたは〝今〟から逸脱してしまっている」

「そう、ロジカル思考から抜け出さなくては」

レイアンが言う。

「クリエイティヴ思考になるんです。ロジカル思考は、常にコントロールしようとする。それだと常に、正しいかどうか、と考えてしまう。クリエイティヴ思考、例えば、そう、子供。彼らは、正しいかどうかで言い争ったりはしない。ただ、冒険、興奮、新しい何かをしたがっている」

サーシャは僕の手を握りしめ、これまでにないほど慈悲深く微笑んだ。

彼女の瞳は、計り知れないほどの愛と思いやりを放っていた。

僕には、それを受けとめるのは難しかった。

僕は、そこまで純度の高い愛には慣れていなかった。

彼女は椅子から立ち上がって僕の後ろに立つと、僕の肩にそっと手を置いた。

「優しくなって。自分を愛するの。罪悪感を感じないで。自分を信じるの。信じるべきはあなた自身だけ。学ぶべき教訓は一つだけ。それは自分を愛すること。結局のところ、それだけでいいのです。それでは、ワラヤ。私たちの友人に〝自己愛道《セルフ・ラブ》〟の実践指導をしてあげてくれるかしら？」

12 ワラヤ

〝私たちは宇宙で唯一なのではありません。私は我が国の政府内に、エイリアンに関するレポートのもみ消しに特化した部署があると思っています。そしてそれは、とても不当な行為です。それについてタブロイド紙でしか読めない、なんていう状態じゃなくなったらいいのにと思います。〟

シガニー・ウィーバー　女優

ワラヤは僕を連れ出して、あのクリスタルの廊下の向こう側の部屋に連れていった。

彼女がその部屋のドアを開けると、その広い空間には、沢山のクッションや快適そうな椅子、マッサージテーブルにベッド、ヨガの小道具などが溢れかえっていた。

部屋の中は、薄明かりの照明と微かに聴こえる音楽、そしてとてもいい香りで満たされていた。

「ああ。ここはまるで天国だね」

た。

「その言葉は、本当の天国に行くまでおあずけよ」

「行けるって決まってるみたいに言うね」

靴を脱いで彼女の前のクッションに胡座《あぐら》を組んで座るようにと、彼女が僕に言った。

僕が言われたように座ると、彼女は僕の目を深く覗き込み、僕の手を取ると自分の手で包み込んだ。

「私のこと覚えてる？　私たちが出会ったのは偶然じゃない。これは予《あらかじ》め定められた出会い。でも、あなたがそれを予定表に記したのはずっと前のことだから、あなたはもう忘れちゃってるかな」

「ワラヤ。君にはずっと、何か懐かしいような感じがしていたんだ。一目見た瞬間からね。なんだか〝ホーム〟にいるような。そして妙に惹きつけられた。

にもかかわらず、君と一緒にここに座っていると、なんだか妙な気持ちにさせられるんだ。あまりに親密過ぎて、僕の意識がそう感じることに罪の意識を持てって囁くんだよ。僕は今、ビンキーっていう素敵な女性と付き合っている。彼女を傷つけたくないんだよ」

「あなたの体は何て言ってる？　あなたの心は何て言ってる？」

「その二つとは、考え方が違うんだ」

「そうだと思った」

彼女は下腹部を押さえながら、口から息を吸って、深呼吸を始めた。

息をするたびに、彼女の唇が少しだけ大きく開く。

僕も彼女に倣って、同じようにした。

目を逸らさずに、お互いの目をじっと見つめ合い続けた。

僕はゆっくりと、別の現実へと転送されていった。

目を閉じた瞬間、僕は突如、眩《まばゆ》い景色の中にいる自分を発見した。

澄んだ空気、輝く太陽、花いっぱいの樹々の間を流れる風の甘いメロディー。

僕の体は力強く、生命力で満ち溢れていた。

体が移動してるような気がしたかと思ったら、川岸に向かって歩いている自分がいた。

その川の透んだ水には、自分の顔が映っていた。

でも僕がそこに見たのは、僕の顔ではなかった。

ワラヤだった。

彼女の記憶が、僕の中に流れ込んできた。

数々のイベント、冒険、学んだ教訓、日々のこと、その日々の夜のこと、恋人たち、友人たち。

それは膨大な量の情報のダウンロード、途切れることのないデータの流れ。
その中で僕は、そのすべての記憶を遡っていった。
目が瞬き出し、制御できなくなった。
体は円を描きながら、すごい速度でグルグルと回っていた。
数分後。
エネルギーが高まり過ぎて、体に収まりきらなくなった。
僕はタガが外れたようにケタケタと笑い出した。
すると、急に自分がひどくバカげたことをしていることに気がついた。
気恥ずかしい思いで目を開けると、彼女は喜びに満ちた顔で僕を見ていた。
彼女は楽しくてしょうがないといった感じで、大声で笑っていた。
僕も、それよりもっと大きな声で笑った。
しばらくして、僕は自分の笑い声が最初と違っていることに気がついた。
僕は泣いていた。
むせび泣いていた。
その後のことは、あまり覚えていない。
覚えているのは、目を開けた時に彼女の腕に抱かれていたということだけだった。
彼女は僕に歌ってくれていた。

まるで、怖い夢を見ている幼子に母親がそうするように。

僕はそのまま深い眠りに落ちていった。

目が覚めた時、安らぎの中にいるのを感じた。

僕はまだ彼女の腕の中にいた。

彼女は僕がもぞもぞと動きかけたのに気づいて、僕に微笑みかけた。

「お帰りなさい。あなたがずっと抱えてきた緊張の一端をほぐすことができたようで、私もうれしいわ。こんな混沌とした時代の地球に生きるっていうことは、決して簡単なことじゃないものね」

「そのことについて教えて欲しいんだ。本当にこの惑星は今、生き難くなってるんだよ」

「ええ。でもシフトが起きるためには、ある程度の混乱が必要なのよ。それが今、あなたたちの惑星がカオスになっている理由よ。バラバラになっているように見えるかもしれないけど、私たちの視点から観ると、それは人類を成長させるために不可欠なことだと言えるわ。だって、もしこの惑星ですべてが完璧だとしたら、それはこれから起こるであろう意識シフトのための機がまだ熟していないっていうことだもの」

「僕にはまだ、人類がシフトを起こせるっていう確信が持てないんだ。ニュースをつけるたびに、僕たちは破滅の道を一直線に進んでるって思わずにはいられないんだ」

「心配する必要はないわ。だって、あなたたちの世界は、まだ破壊されてないでしょ？　あなたたちには、とてつもない援軍がついているのよ。彼らは常に、この惑星の周りを巡回しているの。あなたたちを応援している地球外生命体《ET》がたくさんいて、その中には、数日であなたたちの環境を完全に浄化できるような技術を持っている存在だっているのよ。でも考えてみて。もしそれをしてもらったとして、その後はどうなる？　今この惑星を破壊している存在たちが、同じことをし続けるだけでしょ」

「ワラヤ、君の世界には本当にネガティヴなものはないの？」

「ほとんどないわね。でも、それはそれで問題なんだけど。私たちは、スピリチュアリティと有益なテクノロジーをどこまでも発展させることでネガティヴ要素を回避、抑制してきたの。でも成長と進化には、ある程度のネガティヴ要素が必要なのよね。最適な率は、私の推測だと2％ってとこかしら。文明が緊張感を保ちながら創造的であるためにはそれだけあれば十分だし、破滅的パターンに陥ってしまうほど多過ぎるっていうこともないし」

「地球はどれくらいネガティヴなの？」

「地球人は45％から55％の間でネガティヴっていったところかしら」

「はぁ。どおりで、なんだかドロ沼に陥ってる気がする訳だ」

「そうね。でもそのおかげで、あなたたちは悲しみ、痛み、苦しみに直面した時に、それらに対処することのできる、宇宙でも有数のエキスパートになることができた、とも言えるわ。かつて、マルデックという惑星があったことは知っているでしょ。昔、太陽系惑星として、火星と木星の間に存在していた惑星よ。彼らのネガティヴ性の割合は35％だったけど、彼らはそれに対処しきれなかったのよ」

「で、どうなったの？」

「自分たちの惑星を、木っ端微塵に吹き飛ばしちゃったの」

「じゃあ、それに比べたら、僕たちはけっこううまくやってるってこと？　暗黒と苦悩を生み出し続けてきたことにも少しはいい面もあったんだとしたら、うれしいよ」

「そうよ。あなたたちはもっと自分たちに誇りを持つべきよ。あなたたちはまだバランスを保っている。あなたたちはヒーローよ！　知ってる？　高度に進化した宇宙人たちが地球人が果たしている役割に気づきだして、こぞって志願し始めたって。彼らはこれまでずっと、あなたたちのことを原始的で、野蛮で、単純で、短絡的だと見做してきた。でも今や、彼らの認識は称賛と感謝に変わったと言っていいわ。彼らは人類が他の種族たちが解消できなかった問題を引き受けて、真の意味で彼らを救済してくれていたんだってことに気がついたのよ」

「コードをアクティベートするためには、僕たちの次元周波数を、どれくらいまで高くしておかないといけないの？」

「文明がアセンションするためには、少なくとも4・5密度の周波数が必要でしょうね。つまり私たちがいる場所と同じくらいにはってことね。あなたたちが今いるのは3・5ってとこかしら。これは、この惑星にどれほどのネガティヴ性があるかを考えたら、実際かなり高いと言っていいでしょうね」

「僕たちがこんなにネガティヴだっていうのに、なんでそんなに高いのかな？」

「局地的に、とても高いポジティヴ性も存在しているからよ。あなたたちの中に、自分自身に取り組んでいる人達がたくさんいて、それが顕在化し始めているのよ。そして、その影響が集合体にも及んでいるの」

彼女は、ちょっと青みがかった紅色のジュースが入ったグラスを、僕に手渡した。

「はい。これは私たちの食事。私たちは、あなたたちがするようには食べないの。私たちとあなたたちの消化器系は違うのよ。栄養摂取は、ほとんどすべて果汁から。それをあなたたちの胃にあたる部分で消化して、老廃物は皮膚の毛穴から排出するの。私たちの服は、皮膚から毒素を排出できるタイプの有機素材で作られているのよ。って、なんで今、私があなたにこんな話をしているかっていうとね、あなたに〝普通〟とは何かっていう概念を拡《ひろ》げてもらいたいからなの。だからプレアデス人について知りたいことがあったら、何でも聞いてね」

「わかった。じゃあ、君たちの恋愛関係について教えてよ」

「とても自由よ。いつか私が本当に還るべき場所、〝ホーム〟に還ることになったら、こう言うでしょう。『この関係は完璧に満ち足りたものだけど、今、私はこの惑星上のどこか別の場所で、何か違うことをする時が来た気がするの』そう言った時、そこには全面的な理解、全面的な尊重があるでしょう。パートナーの側の心の痛みもない。彼は時が来たことを認識し、お互い自然に分離していく。でもそれによってその関係は、流動性を保ったまま存在し続けられる。そして性的エネルギーが滞ったり堰《せ》き止められることもない。ほとんどの地球人は、完全な存在になるためには恋愛関係が必要だと思っているけれど、あなたがそう思っている限り、あなたは常に自分が思っている自分の不完全さの反映を引き寄せることになるわ。あなたは不完全なことをする誰かを引き寄せる。でもそれは、あなた自身がこうであらねばと信じてしまっていることとは何かってことを思い出させるために起きていることなのよ」

「なるほどね。プレアデス人のセックスについても教えてほしいな」

「性エネルギーは私たちの生活のあらゆる面に浸透しているし、私たちはそれを良しとしているの。あなたも気づいていたでしょ、私たちの交流の仕方はとても肉感的だって。それは私たちが、セクシュアリティと生を区別していないせいよ。私たちにとってセクシュアリティとは、生きることそのもの。それは私たちの身体を通して、そのエネルギーを完全且《か》つ余すところなくチャネリングすることなのだから」

「すべての高度な文明がそうなの？」

「違うのよねぇ。例えばオリオン人たちは、日々の生活の中で、セクシュアリティを表現しないの。彼らは特定の相手といる時、そして一定の配分時間内だけでしか、それを表に出さないのよ。あなたたち地球人も、セクシュアリティを抑制してるわよね。あなたたちはセックスは罪深いものと教えられ、自分の体を恥ずべきものと感じさせられてきた。それについては、タイムベンダーが新しい課題の中の評価ポイントと考えているポイントの一つよ。それらすべての考え方に共通するポイントがあるでしょ。あなたたちは奴らによって、地球と宇宙の癒しのパワーから切り離されてしまっているの。性的エネルギーを解放することは、あなたたちが宇宙とその癒しのコードに再接続するのを後押ししてくれるはずよ」


彼女は起き上がって、僕にマッサージテーブルに横になるよう合図した。

そして照明を落とすと、僕の背中を優しく撫で始めた。

正確な動きで、エネルギーのブロックを解除していく。

そのタッチは繊細で、驚くほど効果があった。

僕はリラックスし過ぎて、もう少しで喉をゴロゴロ鳴らすところだった。

すると、彼女がいきなり僕の肩甲骨の間の筋肉を強く押した。

「いたっ、痛いよ！」

「そうよね。でも周波数を上げるには、ここの筋肉の活性化が大切なの」

「なんで、そこがそんなに特別なの？」

「ここは、天使の羽がついてた場所だからよ。そして心の裏口でもあるの。今、このポイントを活性化させるから、ちょっとじっとしててね」

彼女が、もう一度そこを強く押した。

「ぎゃー！」

「はい、これで良しと。じゃあ、床に座って」

僕は胡座《あぐら》の体勢で床に座った。

すると彼女は僕の後ろに立ち、自分の体をぎゅっと僕に押し付けた。

そしてゆっくりと、自分の骨盤をすりつけてきた。

それは妙に性的で、僕は興奮してきた。

自分の下腹《したはら》辺りが、熱くなっていくのが感じられた。

また喉が鳴りそうになった。

彼女が今度は僕の体に腕を回し、手を僕の心臓にかぶせるように置いた。

「じゃあ、あなたの手を私の手に置いてみて。そうしたら、あなたのすべての意識をそのエリアに持ってきて、心を通じて息をしてるってイメージしてみて。息をするごとにスペースを広げていくの。心が開いて宇宙まで広がっていくのを感じて」

数分間、僕たちは一緒に呼吸を続けた。

僕は胸の辺りが大きくなっていくのを感じていた。

しばらくすると、それは自分の体よりも大きくなったように感じられた。

その間、彼女は自分の骨盤を僕の腰にこすりつけたり、指で僕の太ももをくすぐったりして僕を刺激し続けていた。

「うふふ。すごく上手よ。あなたがいっぱい性エネルギーを生み出しているのが感じられるわ。下腹の辺りに、燃え上がる炎を感じる？　その性エネルギーを、あなたのハートに向けて上げ続けて。呼吸を使うの。呼吸で下腹から、心のほうに持っていくのよ。そう、上手よ。その炎で、あなたのハートにもっと火をつけて。そして、ハートをもっと拡げて」

僕は、呼吸と胸の拡張を続けた。

だんだんと、僕の心が全世界を覆っていっているような気がしてきた。

数分間のそんなエロティックな動きと愛のある展開の後、彼女は僕の背後で立ち上がり、ベッドへと歩いて行った。

彼女はそこに横たわり、僕に向かって手招きをした。

「ここに来て。私の上に覆いかぶさって」

「ええと……」

「早く。恥ずかしがらないで。大義のためなのよ。アセンションしたいのなら、性に関する恐れを克服しなくては。あなたはセックスが不自然で汚いものだって言われてきたせいで、自分でもそう思ってしまっている。もしあなたがそんな風に思ったままだったら、地球の力をあなたの中に流入させることはできないわ。それは蛇なの。あなたの背骨を昇っていく蛇なのよ」

「あ、それ聞いたことあるよ」

僕は少しでも時間を稼ごうと、そう言った。

「クンダリーニっていうやつだよね？」

「ええ。クンダリーニは、背骨の付け根にとぐろを巻く蛇のエネルギー。チャクラシステムを活性化する電磁エネルギーのことよ。背骨を上昇していく旅の途中で、蛇はあなたの体の細胞内の電子を刺激して、細胞の記憶を目覚めさせていくの。バランス調整が完了するとエネルギーは骨髄を上下に往復し始め、絶え間ないエクスタシーの波に包まれていく」

彼女は僕をピシッとした目で見ると、からかうように言った。

「さあ。もう話を逸らすのは止めて。避けられないことを先延ばしにしようとしてもムダよ。こっちへ来て、私の上に寝るのよ！」

彼女は腕を広げた。

僕は、仕方なく降参した。

彼女はとても温かく、柔らかかった。

僕は彼女に体重をかけないように、マットに手をついた。

「悪あがきしてないで、ちゃんと委ねて。私は扱いを心得てるわ。力を抜いて」

彼女が深く息を吸う。

僕もそのリズムに合わせた。

そして、彼女はゆっくりとした動きで僕の背中を撫で始めた。

時々ギュッと握ったり、くすぐったりしながら。

彼女の手が僕の体を弄る。

そして、その手はどんどん腰のほうへ向かっていった。

彼女の手から僕の下腹部に、温かさが流れ込んでくる。

僕は、彼女が僕に息を吹きかけるたびに柔らかな疼《うず》きが大きくなっていくのを感じた。

性エネルギーが、再び高まり始めた。

僕は、いけないことだとか見られて恥ずかしいとか思ったらダメだ、と自分に言い聞かせ続けなければならなかった。

彼女は骨盤、お腹、そして胸で、僕を撫で回し続けた。

波打つような熱が円を描いて背骨を駆け上っていった。

そしてそれは蛇になり、蛇の道をクネクネと這い上がっていった。

その道を塞いでいたものを突き破りながら。

僕は何度も起きる激しい震えと共に、澱《よど》んだエネルギーが放出されていくのを感じていた。

彼女は、僕の身体の暴発を全く意に介していないようだった。

僕の動きに合わせて、僕を掻き立て続ける。

そして、耳元で励ますように優しい言葉を囁き続けてくれた。

エネルギーはどんどんと上に昇《あ》がっていき、鳩尾《みぞおち》あたりで堰《せ》き止められるまで上昇した。

すると突然、とてつもなく大きな、言いようのない恐怖が湧き上がって来た。

僕は、体が固まって、息ができなくなった。

「息を、息をして！」

彼女は耳打ちし続けていたが、僕には届いていなかった。

「ほら、息をして！」
彼女が大きな声で叫んだ。
彼女が遥か遠くにいるように感じられた。
僕は外界を遮断した。
痛みを遮断するために。
「息をして‼」
彼女が僕の肩甲骨の内側の辺りに、ものすごい力で彼女の拳を押し込んだ。
僕の思考は吹き飛び、息が止まった。
肺から唸《うな》り声が漏れる。
抑圧された怒りや苛立ちの感情がごちゃ混ぜになって、逆上の雄叫《おたけ》びに変わる。
封じ込めておくことはできなかった。
ただもう限界だった。
憤《いきどお》りの涙が、ナイフのように、僕を内側から切り裂いていく。
僕は、長い時間、絶叫し続けた。
自分が空っぽになるまで。
「もう充分よ。今日はここまでにしましょう」
彼女はそう言って、ゆっくりと僕の重みから這い出すと、毛布を引っぱり上げて、僕の震える体をそれで包んでくれた。

「よく頑張ったわね。すごいわ。心の底からあなたを愛してる」

僕はやっとの思いで小さく微笑み返すと、そのまま目を閉じ、気を失った。

13　レイアン

〝宇宙には、あなたにわからせてあげる義務はありません。〟

——ニール・ド・グラース・タイソン　アメリカ人天体物理学者、作家、科学コミュニケーター

それから数時間後。

意識を取り戻すと、ちょうどレイアンが部屋に入ってくるところだった。

彼は食べ物とドリンク類でいっぱいのプレートを手にしていた。

「やあ。ワラヤとの壮絶なセッションのことは聞いたよ。気分はどう？」

「ガクガクしてる」

「ほら。軽くつまめるものを持ってきたよ」

レイアンが面白がっているのを隠し切れないといった様子で見守る中、僕は食べ物を貪るように頬張《ほおば》った。

「起きていることすべてを、今すぐ理解しろって言っても簡単なことではないよね。わかるよ。だから僕は、君にそのためのサポートをしたいんだ。君たちに欠けている

のは全体像なんだよ。地球上の人間は、キッチンの片隅のアリの巣にいるみたいなもんなんだ。君たちは自分たちの巣がすべてだと思っていて、その周囲で起きていることに気がつけないんだよ。他の部屋、他の街、他の国、他の世界。もちろん他の銀河のこともね」

「お褒め頂いて……ないみたいだね。レイアン」

「あ、気に障《さわ》ったんだったら、ごめん。そんなつもりは全くなかったんだけど」

「ちょっとからかっただけだよ。真に受けないでよ」

「はは、ＯＫ。お気を悪くされていないようで、何よりです。ああ、僕は君のユーモアセンスに早く慣れなくてはいけないな。僕はただ、君に全体像を把握してもらいたかっただけなんだよ。そうすれば、なぜこんなにも、あらゆることが緊迫状態に陥っているのかってことをわかってもらえるかなって思ったんだ。そして、それが今まさに頂点に達しようとしてるってこともね」

「ありがとう。そのことについて、もっと聞きたいと思ってたんだ。でも、ほんのちょっとだけ時間をくれないかな。何か着たいし。それにもう少し感覚を取り戻さないと」

僕が足をほぐしたり、おぼつかない足取りで部屋の中をうろついている間、レイアンは辛抱強くそれを待っていてくれた。

僕は消耗し切っていた。

そして、自分がひどく脆弱《ぜいじゃく》になったような気がしていた。

全く胎脂で保護されていない、生まれたての赤ん坊のような気分だった。

僕の防御機能は、どこかへ消え去ってしまった。

その感覚はなんだか妙に生々しく、同時に、とてもすがすがしく開放的でもあった。

僕は服を着てソファーに腰を下ろすと、レイアンの隣の位置に座った。

何回か深呼吸をした後、僕は言った。

「よし。準備は整ったよ」

「OK、じゃあ始めるよ。

つまりね、今、君たちが経験している混乱と危機の理由は、地球に多くの資源が眠っているっていう事実と関係しているんだ。君たち、種《しゅ》という意味においての君たちが、君たちの中に保持しているDNAコードについてはもう聞いてるよね。でも、地球は別の理由においても価値があるんだ。現在進行中の紛争の多くは、リヴィング・ライブラリーへのアクセス権のためだけではないんだよ。それはスターゲートへのアクセス権のためでもあるんだ」

「スターゲート?」

「スターゲートっていうのは宇宙のさまざまな次元や場所への扉、ポータルのことさ。次元間の移動や、同じ次元内での他の場所への移動に使うためのものなんだ。地球はスターゲートだらけなんだよ。最も重要なものは中東地域にあって、アヌナッキとドラコンたちが地球と行き来するために使っている。それが、その地域で多くの戦争が起きている真の理由さ。それらのポータルが、特に自然な形で進化する能力を失った種族たちにとっていかに重要なものであるか、君なら理解できるはずだ」

「アヌナッキってアヌンナキみたいなもの？」

「そうそう。彼らが誰であるか、そして彼らが君たちの進化においてどんな役割を果たしたか、君はもう知ってる？」

「ちょっとは聞いたことあるけど。でももっと教えてよ」

「アヌンナキたちは95万年前に地球にやってきた。すると彼らは、地球の女性たちを混血のためのブリーダーとして使い出したんだ。

その結果、ネフィリムという人間とアヌンナキのハイブリッドが生み出された。ネフィリムたちは人間よりも知的に優れていたため、彼らは地球人を支配下に置いた。そして君たち地球人からは神や半神だと見做されていたんだ。彼らは、地球に高度に進化した物質文化をもたらすのに貢献していたからね」

「つまり彼らは、僕たちを支配していただけではなく、進化にも貢献してくれていたってわけか。少なくとも科学的、物質的発展においては」

「うん。でも一方で、彼らは君たちに対して多くの過ちを犯している。ブリーディングの結果、人類のＤＮＡに歪みが生じてしまい、何種類もの、動物とも人間ともつかない悍《おぞ》ましい化け物たちが生み出されてしまったんだからね。その事実はアヌンナキたちの守護者であったエロヒムという種族にとっては自分たちの名を汚すものであり、彼らはその汚名を灌《そそ》ぐべく、ネフィリムの突然変異をすべて淘汰《とうた》したんだ。それには、人類のＤＮＡ内の高位電磁鎖の切断を含む抜本的な措置が施された。いわゆるジャンクＤＮＡと呼ばれる領域だけを残してね。まあ今では、人類がＤＮＡを再構築して並べ替えることができる日もそう遠くはないけどね」

「地球上のアヌンナキたちは、その干渉をどう受け止めたの？」

「いい気はしなかったんだろうね。実際その結果として、約85万年前に千年戦争と呼ばれる大きな戦争が起きたんだから。その戦争中、エロヒムたちのネフィリムへの干渉に遺恨を抱いていたアヌンナキたちは、地球へのメインスターゲートであったアメンティの球体を破壊し、金の採掘のために人間たちを奴隷化した。

最後はエロヒム、アヌンナキ間で平和条約、エル・アヌ条約が締結されたんだけど、条約締結後も、それに反対するアヌンナキたちも少なからずいてね。彼らはアヌンナキ・レジスタンスを結成し、のちにそれを支持していたドラコンたちもそこに加わっていったんだ。今日《こんにち》の君たちにも、大きく関わる存在だよ」

その時、僕は急にトイレに行きたいと思った。

トイレはどこかとレイアンに尋ねてみたところ、彼は顔を赤らめながら、こう言った。

「ごめん、ないんだ。僕たちは使うことがないからね。外に行ってもらえる？　あ、待って。僕も一緒に行くよ。ちょっと足を動かそう」

あの長い廊下を通って受付を通り過ぎると、庭に出た。

彼は僕が用を足し終えるのを、遠くのほうで礼儀正しく待っていてくれた。

そして僕を森まで案内してくれた。

外に出るのは気持ちがよかった。

僕は澄んだ空気を思いっきり吸い込んだ。

ところがレイアンのほうに目をやると、それと正反対のことをしているのが見て取れた。

彼はほとんど息を吸っていないように見えた。

「レイアン、君は澄んだ空気が好きじゃないの？」

「僕にはこれは澄んだ空気とは言えないよ。そのうち君を、僕たちの惑星に連れていかなくてはいけないな。君が次元間トラベルをマスターした暁《あかつき》にね」

「いいね。でもその話は来週にでも、またしよう。その頃には、僕もその技術をマスターしてるだろうからさ」

「あはは。また君のユーモアセンス炸裂だね」

数分間、僕たちはただ黙って森を散策した。

僕はひんやりとした澄んだ空気を、思う存分満喫した。

しばらくすると、レイアンが僕に向き直って言った。

「契約の櫃《アーク》って聞いたことある？」

「うん。でも正直なところ、僕にはそれが何なのか、さっぱりわからないけどね。それが神と人間の間の何らかの契約だっていうのはわかるんだけど。だよね？」

「そうだね、そういう風に言えなくもないね。君はノアが神——いや神々と言うべきかな——から、大惨事が差し迫っているという啓示を受けたっていう話を聞いたことがあるだろう？　ノアが箱舟を造って、それで逃げたっていう。でも実際は、彼は大ピラミッド内の契約の櫃《アーク》を通って脱出したっていうのが真相なんだよ」

「契約の櫃《アーク》は宇宙へのポータルってこと？」

「そう、あれは宇宙ポータル。契約の櫃《アーク》は、元々パレドールの契約の櫃《アーク》と呼ばれていた。いくつかの高度に進化した地球外生命体種族のことを、当時の人々はまとめてパレドリアンと呼んでいたからね。彼らと人類の間には、人類の集合意識が精神性堕落により分断化されてしまった際にはアーク内に保存している魂のマトリックスを提供し人類を助ける、という協定を結んでいて、その協定は〝パレドールの誓約〟という名で知られていたんだ」

「なんだか、トールキン（訳注・指輪物語の作者）の創作ストーリーみたいだね。そうだ！　それで映画を作ろう！」

「人々がその手の話に惹かれるのは、皆それをどこか深いところで知っているからだよ。そして彼らがそれを知っているのは、それが実際にあったことだからだ。まあ、それはいいとして。契約の櫃《アーク》の技術というのは、ネガティヴ勢力の干渉によって生じてしまった不均衡や歪みの無効化、修復、復元のために、地球の惑星系と時間のマトリックス内にインストールされたものだったってことさ」

「じゃあ、そのせいでアヌンナキやドラコンたち、その他の種族たちが争ってきたってこと？」

「その通り。パレドリアンたちは、そうなることを予想していた。だから多くのセキュリティ工程を、システムに組み込んでおいたんだ。周波数が一致、もしくはそれより高いレベルでなければアーク・ポータル・ブリッジを開けられないようにする5次元シール、とかね。それに大ピラミッドは、アークの入り口の上に建てられているんだよ。その場所を要塞化《ようさいか》して保護するためにね」

僕は数年前にエジプトに行った時のことを思い返していた。

その時に大ピラミッドの中にも入ったが、まさか宇宙ポータルのそんな近くにいただなんて、そんなこと思ってもみなかった!

「あの場所は、地球の最も重要なヴォルテックスの中心なんだ」

レイアンが言った。

「人体のハートチャクラに対応する場所なんだよ。ピラミッドは、シリウスにあった同様の体制と異次元間で連携をとるためのものだったんだ。ピラミッドがあったから、地球上のアヌンナキの抵抗勢力たちを取り締まるためのアヌンナキ高等シリウス評議会の宇宙船が瞬間移動して来ることができたんだよ」

「アヌンナキたちはシリウスじゃなくて、ニビルっていう惑星から来たってどこかで読んだけど?」

「今はね。でも僕が言っている時代には、彼らは主にシリウスAとシリウスBから来ていたんだ」

「じゃあ、彼らはその後にニビルに移住したってこと?」

「そう。ニビルは第12惑星と言われているけど、厳密に言うと、この太陽系の惑星ではない。別の太陽系から来た惑星なんだよ。でもその太陽系の太陽である恒星は、消滅してしまったんだ。ニビルは3,600年周期で君たちの太陽系を周回していて、その周回軌道のせいで起きた衝突が、過去に彼らの惑星が大ダメージを受けた要因だった。それがアヌンナキたちが遥か昔に地球にやってきた、最も大きな理由なんだ。彼らは新しいホームを探していたんだよ」

「なるほどね」

「ニビル人が太陽系に出入りするために通っていたワーム・ホールやポータルは、いつも開いていたっていうわけじゃないんだ。宇宙空間のある領域から別の領域に移動するためには、正確にタイミングを合わせることが要求される。そのためには、それぞれの恒星の正確な位置確定と照準設定、それに恒星間の往来の計画を立てるのには不可欠な、正確なカレンダーなどが必要だった。

それらの天体測定が可能となり、そのおかげで、彼らはいつでも好きな時にホームと地球を行き来することができるようになった。地球にいると都合が悪くなったら、すぐに地球から逃げ出すことができたっていうわけさ。ポータルの開閉サイクルは3,600年で一定していた。そして200年か300年は開いたままだったんだ。それはアヌンナキたちが地球にいる間は神の如《ごと》く振る舞うためには十分な時間だったと言える。実際、皆、彼らのことを本当にそうだと信じていたしね」

だんだん話が見えてきた。

古代エジプト人たちが、あれほどまでにシリウスに魅了されていた理由がやっとわかった。

大ピラミッドは、地球とその惑星間のスターゲートだったのだ。

僕の意識は、あのギザ台地でのツアーに舞い戻っていた。

すると、そこで沢山のアンクのシンボルに魅了されたことが、なぜか殊更《ことさら》に思い出された。

それらは古代の治療機器であったと言われている。

僕はそのことについて、レイアンに尋ねてみた。

「契約の櫃《アーク》を用いてアンクにエネルギーをチャージすると、色々とすごいことができたんだよ。契約の櫃《アーク》のポータルや地球内部のポータルを開くこともできたし、治療や天候の調節、そしてもっと大規模なものだと重力を反転させることなんかにも使われていた。他にも、特殊な方法で合成することによって高周波エネルギーを生み出すこともできたし、物体の形態発生フィールドを操ることもできたんだ。ピラミッドとスフィンクスは大型のアンクを使って建てられたんだよ」

「一個もらえないかな?」

「あはは。手に入れられないこともないけど、深く掘らないとね。大型のものは大ピラミッドと同時期に建てられたスフィンクスの下に、厳重に隠されているよ」

「ってことは、あの話は本当なんだね！　あの、スフィンクスの下に秘密の部屋があるっていう話は」

「ああ。本当だよ」

「誰がスフィンクスを作ったの？　何のために？」

「あれはアヌンナキとシリウス人による文明の礎《いしずえ》を築いたレオニン族へのオマージュとして、シリウス評議会によって建てられたものだよ。覚えてないの？　君はその中の一人だったんだよ。君は地球人類の偉大な守護者の一人だったんだ。その古《いにしえ》の猫族のね。僕は君の中に、それを見ることができるよ」

「銀河を見て周ってきたという僕の友人も、そう言ってた。この、時空間マトリックスでの僕の最初の転生が、レオニンだったって」

「うん。現代でも、エジプトの人々は猫を崇拝することで、レオニン族を崇めているんだよ。スフィンクスの頭部も、できた当時はレオニンの頭だったんだ。でもアヌンナキの抵抗勢力たちによって、首から上の部分が破壊されてしまったんだよ。それはのちにシリウス評議会にいたアヌンナキたちによって再建されたんだけど、その際、頭部をシリウス評議会のアヌンナキの外観に似せて作ったんだ。それをレオニンの体と合体させることで、同盟関係の証としたんだよ」

「以前、グラハム・ハンコックっていう研究者の『神々の指紋』って本を読んだんだけど、彼は、現人類の黎明《れいめい》期以前にも地球上には高度に進化した文明が存在していたという証拠を発見したって言っていたんだ。僕が自分の本の最新作のために彼にインタビューさせてもらった時、彼はこう言った。僕たちがどこから来てどこに行くのかというパズルを解くための鍵は大ピラミッドとスフィンクスの下にある、ってね。君はあのモニュメントの下には、どんなお宝が隠されているのか知ってるのかい？」

レイアンは少し決まりの悪そうな顔をして、すぐには答えなかった。

しばらくして、彼は言った。

「ほら。そういうことについて、僕は詳しいことを話すことはできないんだよ。サーシャがこの前、言ってただろ。僕たちは君たちの進化を妨げないよう、慎重にならざるを得ないんだよ。大ピラミッドとスフィンクスは、タイムカプセルのようなものとして建てられた。人類が特定の意識状態に達した時、その秘密が人類に開示されるようになってるんだ。もし人類が準備が整う前にそれらの建造物の下に隠された情報や技術にアクセスできてしまったとしたら、それは君たちを滅亡に導くことになってしまうだろう」

「わかるよ」

「でも、一つ君に言っておくよ。それらの古代の建造物の下にある数々のものは、実際それほど重要なものではない。人類にとっての偉大な発見となるであろうものとは、君たちが宇宙で唯一の存在なのではなく、他の種族たちとの密接なつながりを持っているっていう事実のほうなんだ。君たちは自分たちの歴史を理解するだろう。そしてその発見は、すべてを変えてしまうことだろう」


僕たちはファクトリーに戻るまで、無言のままだった。

僕は、ギザの建造物の下にある宝物の発見がすべてを変えてしまうことになるだろうというレイアンの最後の発言について、考えを巡らせていた。

僕は頭の中で思い浮かべていた。

宇宙とのつながりの中にあった人類の真の歴史を証明する先端テクノロジー機器と古代の碑板の数々、それらで溢れかえったピラミッド内の大広間、そこに懐中電灯を照らしながら分け入る考古学者チームとライトを浴びる品々。

そして、その様子が夕方のニュースで流れている光景を。

それは実際、すべてを変えてしまうことだろう。

僕たちの創造神話、進化論、宗教、自意識、その他諸々一切を。

それはもう、革命と言っていいだろう。

高度な種族たちが、そのイベントを起こす適切なタイミングを慎重に計っているという理由がよくわかる。

レイアンは僕が考えていることを感じ取ったようだった。

「スター種族たちは君たちを保護し、見守っているよ。彼らは今度こそ、間違いなくそれを成し遂げたいと思っているんだからね。だからこそ彼らの驚くべき先端テクノロジーで、常に君たちを保護しているんだよ。例を挙げるとすれば、そうだな、君はゴールデン・フリースって聞いたことある？」

「耳にしたことはあるような。でも何だっけ？」

「契約の櫃《アーク》はポータル・ブリッジであるだけでなく、周波数変換機としての機能も備えているんだ。天から与えられたブループリントをリセットし、いわゆるゴールデン・フリースをつくることができるんだよ。もし地球が地球外生命体たちによって侵略され、そいつらが地球文明に自分たちの意識の歪みやDNA変異を強要してきたり、ポータルをいじって神聖幾何学を破壊しようとした場合、契約の櫃《アーク》はアンチウイルスプログラムのような働きをするようになっているんだ。基本、オートマティック・モードでね。

この無効化システムは、保護されていないものすべてを気化してしまうパルスを作成する。その上、物体、惑星系、更には時間のマトリックスの周波数スペクトルを上げることだってできるんだ。通常モードに戻るまでの間、危険に晒《さら》された領域を無傷の状態のまま保存できる超次元フィールド内に、その領域全体をカプセル化して保てるようになっているんだよ」

「僕、自分のこと、けっこう頭がいいと思ってた……」

「いやまあ。少なくとも君は、飲み込みが早いほうだよ」

「古代へブライ人たちは、契約の櫃《アーク》を金庫にして持ち運んでいたっていう話を聞いたことがあるんだけど。それはある種の、超常的技術を内蔵しているものだったって」

「全部が全部、間違いとは言い切れないかな。地球外生命体たちの抵抗勢力によって引き起こされた紀元前9,500年頃のアルタンティスの崩壊と沈没の後、シリウス評議会はすべてのアンクを没収し、すべてのポータルを閉鎖した。でもアンクの全面的使用禁止の前に、二つの小さな道具だけはとっておいたんだ。そしてそれらを契約の櫃《アーク》で充電しておいたんだよ。それらは金の櫃《はこ》に入れられ、異次元とのアクセスに使う杖やこん棒だという言い伝えになっていったんだ」

「それらは今、どこにあるの？」

「結局それらの道具も取り上げられ、人類による使用は厳禁となった。人類にとっての暗黒時代の始まりさ。その後、時が経つにつれ、人類は彼らの歴史や高度な技術について、ごく僅《わず》かな情報と、ごくごく僅かな真実しか与えてもらえず、その代わりとして、より多くの欺瞞《ぎまん》を与えられることとなっていった」

「神様、ありがとう。その暗黒時代は過ぎ去りし日の話」

「神様じゃなくて、自分自身に感謝しなきゃ。君が目覚めたいと願い、長年の抑圧から自分を解放したいと望んだことによって、君自身がこのプロセスを実行に移したんだよ」

僕は、長いあいだ僕たちが払わされてきたものの大きさを、ようやく理解することができた。

幾世にもわたって繰り広げられてきた戦争、紛争、そして崩壊。

突然、そのすべてに対する途轍《とてつ》もない疲労感が押し寄せてきた。

この旧態依然の隷属の悪循環から僕たちを解放するプロセスを、もっと早める方法はないのだろうか？

僕はレイアンに尋ねてみた。

「そこまで気に病む必要はないよ。君が積極的に協力しようがしまいが、どの道いつかそれは起こるんだから。成り行きに任せるのが一番さ。そして君は、僕たちの君の周波数を上げるためのサポートを拒まずに受け入れる。本当にそれだけでいいんだ。君が積極的に携《たずさ》わるべきこと、それは君の周波数を上げることとさ。この惑星の周囲に張り巡らされたマトリックスは、契約の櫃《アーク》がアクティベートされると自動的に消滅するようになっている。俗に言うファントム・マトリックスを無効化できるよう、ちゃんと設定されているんだよ」

「何それ？」

「ファントム・マトリックスっていうのは、低次元スペクトラムの腐敗した領域のことさ。それはゆっくりと、堕落したブラックホールのような現実に姿を変えていくんだ。それには聖書で底なし穴やハデス、または地獄と書かれている並行世界《パラレル・ワールド》の堕落的地球のことも含まれているよ」

「えーっと。君は今、地獄が実在するものだって言ってる？　パラレル・ワールドの地球として？」

「うん。実際、地球には多くの並行《パラレル》バージョンが存在するんだよ。人々がこのファントム・マトリックスに吸い込まれてしまうことは、時々地球で起こっているしね。特に米国空軍の空対空ミサイル、ファルコンや、バミューダトライアングルのフェニックス・ワームホールを通じてね。それらの現象は大ピラミッドや、海底にあるアトランティス時代のテクノロジーによって引き起こされてしまうんだ。船や飛行機がそれらのヴォルテックスに吸い込まれて、この現実から消え去ってしまうということは、現実に起こってることなんだよ」

「変な気分だろうね。いきなり異次元に放り出されるなんて」

「まぁそうだね。でもそれを体験している当人たちは、すぐにそれとは気がつかないんじゃないかな。彼らは必ずしもそこで、悲しみや苦しみの極致に直面するというわけじゃない。表面的には今のこの現実と何ら変わらず、見分けがつかないんじゃないかな。でもコントロールや弾圧、隠蔽がより厳しいもので、それが地球外生命体の統治によるものだってことに、徐々に気づかされていくんだ。

おまけにそれは、物理的な体の死のない次元、アストラル周波数の世界にある。例外はブラックホールの爆発に伴い、その中でゆっくりと死んでいく場合のみ。ブラックホールは普通に数億年は持続可能なほどの永続性を持つと言われている。それこそが、それが〝生きながらの死〟と呼ばれる所以《ゆえん》さ」

僕たちは森から出た。

遠くのほうに、明るく照らされたファクトリーが見えた。

その時、僕は安堵のため息をついていた。

ハリウッドでゾンビ映画が大流行している理由がわかったような気がした。

僕はここにいられることが、しかもこの新しいプレアデス人の友人たちと一緒にいられるということが、本当に有難いことだと思った。

14 フォンデル公園

〝私たち全員が、UFOは実在していることを知っています。私たちが問うべきは、彼らはどこから来て、何がしたいのかということだけです。〟

エドガー・ミッチェル　アポロ14号船長、月に降り立った6番目の人物。

チョコライト・ファクトリーを訪れた数日後。

僕はフォンデル公園をブラブラと歩いていた。

僕の体調はプレアデス人たちと会った後、以前よりもずっと良くなっていた。熱も下がった。

掛かり付け医の言葉を借りると、少なくともあと2週間は安静にしたほうがいいはずだった患者とは思えないほどの健康体、だそうだ。

チョコライト、サーシャの贖罪《しょくざい》、タイムベンダーの洞察、レイアンの講義、そしてワラヤのボディワーク。

それらの配合が効いたのか、僕は再び息を吹き返した。

フォンデル公園は、アムステルダムの中でも僕のお気に入りの場所の一つだ。

特に夏場は格別だ。

ここは、60年代にヒッピーたちが集っていた場所だ。

僕は公園の中央にある噴水の向かいのベンチに腰を降ろした。

その時、あのヒッピー・カルチャーが最高潮に達した伝説の〝Ｓｕｍｍｅｒ Ｏｆ Ｌｏｖｅ １９６７〟は、今からちょうど50年前にあたるのだということに、僕はふと気がついた。

どれほどの恍惚の夏だったことだろう！

二度の世界大戦による荒廃と、それに続く社会再建のための厳粛な時代を経て、人々がようやく再びバカげた行為に返り咲いたのだ。

彼らは笑い、踊り、歌い、人生を謳歌《おうか》した。

彼らはヤハウェに課された罪の意識を駆逐《くちく》し、新しいパラダイムを生み出す土台を築いた。

それは、かなり成功したと言っていいだろう。

ほんの数年で、ヒッピーたちは、僕たちがオランダ語で言うところの〝聖なる家〟を追い落とすことに成功した。

彼らはフリーセックス、フリーハグ、フリーラブにのめり込み、ヨガ、瞑想、そして精神状態を変化させる物質を試しだした。

彼らはエスタブリッシュメントたちを嘲笑《あざわら》い、自分たちが〝イケてる〟と思うことをした。

もちろん、それは長くは続かなかった。

だがそれは、システムに対する反逆の最初の爆発であり、今や常識になりつつある新しい在り方や生き方を生み出した。

今日《こんにち》、街の至るところでヨガスクールを目にし、オーガニックフード店は大繁盛している。

財界人たちは斬新なアイデアを得ようとこぞって黙想《サイレント》リトリートに参加し、マインドフルネスは小学校でも教えられている。

そして、庭の守り神の座は仏像《ブッダ》がノームたちから奪いとった。

人類の未来についてポジティヴに感じることができたのは、ここ何ヶ月かで初めてのことだった。

すべては変化している。

僕たちがそれを成し遂げるのは、時間の問題だ。

パラダイムシフトは一夜にして起きはしない。

地球が平らではなく丸くって、太陽の周りを回っているのだと誰もが理解できるまでにだって、しばらく時間がかかったじゃないか。

少し時間がかかるってだけの話だ。

でも、あの〝意識内における特別な量子シフト〟っていうのが起こるためには、どれくらいの時間を要すのだろうか？

リヴィング・ライブラリーのコードをアクティベートするための時間は、僕たちに後どれくらい残されているのだろうか？

石器時代に逆戻りさせられ新たな大サイクルを経ることが確定的となるデッドライン、引き返すことができなくなるポイントみたいなものはあるのだろうか？

より抑圧的な宗教や政府、より多くの罪悪感、飢饉《ききん》、干ばつ、戦争、地震。中でもサイアクなのは、それらすべてのすでに学んだはずの教訓のために、また同じ過ちを繰り返さなければならないということだ。

考えただけでも、ゾッとした。


「隣に座ってもよろしいでしょうか？」

「ヒドゥンハンド！　こんな所で何をしてるんですか？」

「休養中です。悪事は一先《ひとま》ず休止しております」

「全くの別人のようですね。あのアル・パチーノみたいな外見は、どこ行っちゃったんですか？」

「以前も申し上げましたが、私《わたくし》は我々が演じるところの役柄を、好んでやっているという訳ではないのです。それに正直なところ、我々ルシフェリアンの天使たちは皆、疲れ切っているのです。我々も、あれら一切の事象からの休息が必要なのです」

「僕も今、ちょうどそのことを考えてたところなんです。また新たな2万6千年のサイクルですべてを一からやり直すなんて、僕には耐えられません」

「同感です」

「あなたは白が似合う」

「ありがとう」

僕たちは陽の光を浴びながら、しばらくただ黙って座っていた。

そして、ヒドゥンハンドが抑えた声でこう言った。

「私たちのミーティングは、これが最後となります。今日はそれをお伝えするために参りました。チャンスの扉は閉じようとしています」

「えっ、本当に？　そんな……。あなたと会うのが楽しみになってきていたのに。もっと一緒にいることはできませんか？　そしたら、正しい方向へ向かうための何かを、一緒に始めることだってできるじゃないですか。二人で一緒に、その最初の球《ボール》を投げませんか？」

その瞬間、僕たちのほうに、どこからかボールが転がってきた。

その後ろには、それを走って追いかけてくる犬が見えた。

ボールはちょうど、ヒドゥンハンドの足元で動きを止めた。

犬はしきりに尻尾を振って、彼が投げ返してくれるのを待っていた。

ヒドゥンハンドは、さも憎々しげな目でそのヌメヌメしたボールを一瞥すると、必死にせがむ犬の目をその目つきのまま、じっと見つめた。

そしてため息をつきながらそのボールを拾い上げると、それを噴水のほうに向けて投げてやった。

「何しろ」

彼が言った。

「私はここでの職務権限を大幅に超過した〝いいこと〟をしてしまったがゆえ、すでにお咎《とが》めを受ける身なのです。私がここまで自分の胸の内を明かすというのは、意図したものではありませんでした。もしあなたが私たちの対談を冒頭から辿ってみられたとしたら、私の口調が和らいでいく様子にお気づきになることでしょう。私はできる限り自由意志の法則を遵守し、曖昧さを保つよう努めたつもりです。にもかかわらず、必要以上のことを口にしてしまった場面もいくつかあったのです。これをあなたが思い煩《わずら》う必要はありませんが、私が次のサイクルで、自身のカルマの債務処理に取り組む際には、私はその行為の結果を引き受けることになるでしょう。ですがまあ、このまま行っても十分ネガティヴな来世になるのはわかり切ったことなんですから、それが少し増えたところで、だからなんだという話なんですがね」

彼の心中は察するに余りあった。

僕は彼に手を差し伸べて、その手を握りしめてあげたいと思った。

プレアデス人の友人たちが、僕にしてくれたように。

だがその瞬間、僕の視線が彼の手元を捕らえた。

その指先から犬の唾液が滴《したた》り落ちているのを見て、僕はその考えを即座に却下した。

「僕は、あなたの言葉に心を打たれています」

僕はありったけの真心を込めて、そう言った。

「あなたに知っておいて欲しいんです。あなたが僕たちの人生の中で、〝触媒〟という役柄を厭《いと》わずに演じてくれていることに、僕が心から感謝しているということを。それがあなたにとって大きな犠牲を伴うものだったってことが、今なら理解できます」

「ありがとう」

「でも、もし僕の考えを言わせてもらえるのなら、あなたはもう、これ以上その役をしなくていい。僕たち皆、もうそのメッセージを受け取っていると思うんです。皆、もうそろそろ潮時だって感じてると思うんです。平和的に解決すればいいじゃないですか。新しい現実にスムーズに移行するのを目指せばいいじゃないですか」

彼はもう一度ボールを投げてやると、噴水のほうへうれしそうに走っていく犬を目で追った。

僕の問いかけには答えなかった。

「ヒドゥンハンド、あなたに会えなくなるのは本当に寂しいです。これ以上邪悪な存在は思いつかないってくらいに邪悪な存在に、自分がこんなことを言う日が来るとは。自分でもビックリですよ」

彼は笑って、こう言った。

「私にも告白すべきことがあります。当初、私はこの交流を担当することに、気が進みませんでした。なにせ私には、まだ情を捨てきれないという大きな弱点がありますので。それでも私は命に従い、与えられた仕事をこなしました。遠い昔に最後の交流をして以来、私はもう長いこと、あなたのような普通の人間たちと直接関わるということをしてこなかった。だから、それが自分にどんな影響を与えるのかということが予想できていなかった。

ある意味、私は成長したと言えるでしょう。そして、あなたにある種の愛着を持ったと言っていい。単なる義務の遂行として始まった関係でしたが、いつしかそれは、私にとって慈愛に満ちた営みに変化していました。実のところ、私もあなたに会えなくなることを、なんというか……寂しく感じています」

僕たちは目の前に広がる光景を、ただ眺めていた。

噴水に入って遊ぶ子供たち、ボールを追いかける犬たち。

芝生に寝そべってマリファナを吸っている人、ギターを弾いている人、バーベキューをしている人もいた。

こんな恐ろしい存在を前にしながら、こんな風にシンプルな幸福感を感じていることが、なんだか不思議だった。

しばらくして、ヒドゥンハンドが夢うつつな声で話し始めた。

「人生とは、我々のような存在と絶えず交わる、その一連の流れです。我々とあなた方は皆、密接につながっています。でもほとんどの人々は日々の出来事に忙殺され、そのことに気がつくことはない。無限の創造主も、私たちの近くにいたがっています。そして実際、すぐ近くにいるのです。大抵の人が想像するより、ずっと近くに。ただ誰も、それに気づいていないだけなのです。〝彼〟と毎日道ですれ違う時も、〝彼〟に店で釣り銭を渡される時も、〝彼女〟をベッドに寝かしつけておやすみのキスをする時も、巣に逃げ込もうと風呂場の壁を這い回ってる〝彼〟を潰す時も」

「〝神は万物に宿る〟」

「もしあなたが神に会いたいと思ったなら、鏡に映《うつ》る自分の中に見つけられるでしょう。そこに映る自分自身をじっと見つめ、魔法の言葉で声をかけてみて下さい。〝ハロー〟」

「今度、鏡を見る時には思い出してみます」

再び沈黙が訪れた。

その時、僕は突然、自分の内側で歌声がするのを聞いた。

それは天使たちの歌声だった。

彼らが歌っていたのは、長い旅路《オデッセイ》の後に再会する二人の恋人たちの歌だった。

僕は目を閉じ、その調べに耳を傾けた。

目を開くと、ヒドゥンハンドも目を閉じているのが見えた。

彼にも、これが聞こえているのだろうか？

それともただ、この平和で静かなひと時を満喫しているだけなのだろうか？

悪役に戻るまでの、最後のひと時を。

このとてつもなくスリリングな〝人生ゲーム〟の悪役に。

僕はもう一度、目を閉じた。

すると、あの馴染み深い顔が浮かんできた。

ジョン・レノンだ。

彼は天使の聖歌隊を指揮し始めると、ゆっくりと曲調を、あのあまりにも馴れ親しんだメロディーに変えていった。

'All you need is love,

All you need is love,

All you need is love, love.

Love is all you need.

Love, love, love...'

歌声が、だんだんと遠ざかっていく。

僕はヒドゥンハンドのことを、もう一度見た。

その目はまだ閉ざされたままだった。

彼をここに留まるよう説得できたらいいのに。

彼が翻意し、永遠にその役から退くことになればいいのに。

そしたら僕たちは、休戦を宣言するんだ。

僕は頭の中で、僕たち二人がフォンデル公園を行進している場面を思い浮かべていた。

二人は手を取り合い、皆に向かってこう言っていた。

War is Over, if we want it.
戦争は終わるよ。僕たちがそう望むならね。

でも、彼がその意志を変えることはないだろう。

彼には尊重すべき神聖な契約がある。

そしてまた、あの邪悪な敵役に戻るのだろう。

けれど、彼はそうする前に僕に最後の教えをくれた。

目を閉じたまま、彼はこう言った。

「覚えておいて下さい。このゲームの中で私たちを隔てているイデオロギーなど、どうでもいいことなのです。大切なことは、このメッセージの意味すること、それだけです。それは無限の創造主の愛と光の中にあります。〝私たちは一つ〟。

結局のところ、これはただのゲームでしかありません。私たちは皆、ここで遊んでいるだけなのです。そのことを忘れないで下さい。私たちは、この人生という舞台で演じている役者なのです。この世界はすべて幻想であり、思考が形状化したものです。誰も本当に死ぬことはなく、傷つくこともありません。転生の合間には、誰しもがそれを真に理解しています。しかし、自分が誰であるかということを忘れていなくてはならないとルールで定められているため、この〝人生ゲーム〟のプレイ中は、これを現実だと信じ込んでいるだけなのです」

彼は目を開けて僕のことを見ると、ベンチから立ち上がった。

僕も同じように立ち上がった。

その時、ほんの一瞬だけ二人の目が合った。

とても深いところで。

そこには愛しかなかった。

その瞬間、そこに分離はなかった。

彼が僕に向かって手を差し伸べた。

その時の僕は、あの粘液のことはすっかり忘れていた。

僕の手を握りしめながら、彼は言った。

「私たちが初めて会った時に、私があなたに言った最も大事な教訓、それを忘れないで下さい。〝あなた以外、誰もいない〟。自分が誰であるかを思い出し、それを存在の本質部分で深く理解している時、あなたはすべてのものとの目に見えないつながりを理解、認識できるでしょう。そうすれば自《おの》ずとあなたの感謝の心から歓び、祝福、そして奉仕が溢れ出すことでしょう。良い旅路を。ご健闘をお祈りしています」

「あなたもお元気で、ヒドゥンハンド。次の2万6千年間も頑張って下さい。その苦悩に満ちたネガティヴな期間の中にも、優しく幸せな時間があることを、心からお祈りしてします。転生の合間にあなたとお会いできることを楽しみにしています。先に行って待ってます」

彼は頷き、恭《うやうや》しくお辞儀をすると、こう言った。

「また会えますよ。私たちは一つなのですから。そして私たちは皆、同じホームに還る途上にあるのですから。あなたを護り、導いて頂けるよう、私たちの無限の創造主にお願いしておきます」

15　ゲームメーカーズ

〝アメリカ国民は、これまで空軍から開示されてきたものよりも適切な説明を受けるに値するという確固たる信念の下《もと》、私はＵＦＯ現象調査委員会の設置を強く推奨致します。ＵＦＯに関する信憑性を確立し、その課題への最大限の啓発を図ることは我々の責務だと考えます」

ジェラルド・フォード　元アメリカ大統領

僕とビンキーは、一緒に住むことにした。
アムステルダム北部にある、彼女の小さな家で。
ビンキーはもう、何年もそこに住んでいた。
僕がそこに引っ越すことにしたのだ。
その家は、彼女をハッピーにする色で塗られていた。
赤、オレンジ、黄色、緑、青、紫、白。
それらの色が虹の七色、そしてインドのヨギたちが各チャクラの色だとする七色であると僕が気づいたのは、もうちょっと後のことだった。

ビンキーの家での生活は、僕に人生のさまざまな〝色〟、そして異なる次元や領域について気づかせてくれた。


ある朝。

朝食を摂っていた時のこと。

僕はビンキーに尋ねた。

「そういえば、君にゲームメーカーズの話をしたことってあったっけ？」

「いいえ。ないと思うわ」

「もう何年も前のことなんだけど、タイムベンダーが彼らについて教えてくれたんだ。彼らこそが、この〝人生ゲーム〟を大元から始めた者たちだって。そして彼らは、僕たちが住むこの現実、〝極性のゲーム〟を作成するために、さまざまな惑星にさまざまな種族を植えつけていき、その種族たちに他者への奉仕か自己への奉仕かを選択させることで、この世界に二元性システムを導入していったんだって」

「面白い選択ね」

「ああ。どうやら僕たちは、その選択に焚《た》きつけられてしまってるみたいだね。それこそ何世代にもわたって」

「でも、そんなあからさまな二元性から抜け出すことが、このドライブから自由になることなのかしら？　つまりね、私にはそれは、全然選択肢になり得ないのよ。その二つは等しく大事なものだから。自己への奉仕なしには他人に奉仕することはできないし、他人への奉仕なしには自分自身に奉仕する術《すべ》がないわ」

「うん。いいとこ突いてるね」

「それにタイムベンダーとヒドゥンハンドは、〝他の人はいない〟って、あなたに繰り返し言ってたんじゃなかった？　あなただけしかいない、一なるものがあるだけ。だとしたら、私はそれは偽りの相反だと思うわ。で、私はもうだいぶ前に、そのゲームをするのをやめちゃってるんだと思うわ」

「君がそう言うなんて面白いな。だって、アローヤが前に一度、僕に言ったんだ。プレーヤーが、これがゲームだって気づき始めたらゲームはおしまいだって。ちょうどジム・キャリーの『トゥルーマン・ショー』っていう映画みたいにね。ある時、彼は文字通り壁にぶつかり、彼の世界は終わりを迎えた。そこで彼は、彼の人生がゲームだったことを理解したんだ。それはずっと、現実ではなかったんだよ」

そのあとの数週間、僕たちは創造ヒエラルキーの頂点に君臨するという謎めいた存在、ゲームメーカーズにどんどん興味を掻き立てられていった。

彼らは何者なのか？

どの次元に住んでいるのか?

実際には何をしているのか?

そして、どうやってこのゲームを創ったのか?

僕たちが知っている人たちの中でただ一人、それらの質問に答えることができる人物がいる。アローヤだ。

彼女は始まりの時にそこにいたのだから。

ゲームメーカーズのことだって覚えているはずだ。


イギリス南西海岸に到着すると、そこは土砂降りだった。

レンタカーのワイパーは、試練の時を迎えていた。

彼らは必死になって、ゲリラ豪雨に喰らいつこうとしていた。

アローヤは、聖ミカエル山の近くにあるペンザンスという町に住んでいた。

聖ミカエル山は、彼女がルシファーと出会ったという、あの山だ。

そこは如何にもイギリスらしい町だった。

大聖堂に格調高いビクトリア朝の家々。

至るところに古代のシンボルがあった。

そして、ほぼすべての角にパブがあった。

それに港もあった。

小さな漁船が強い海風に揺らされている、絵画のように美しい港だ。

アローヤは、大きな抱擁《ハグ》で僕たちを出迎えてくれた。

彼女にまた会えるなんて。

ビンキーも、すぐにアローヤと打ちとけていた。

彼女の小さなコテージは、荒れ狂う嵐に抗《あらが》う安らかな聖域《サンクチュアリ》のようだった。

ビンキーがアローヤの犬のブレイジーと戯れ、アローヤがキッチンにお茶を淹れに行っている間、僕はきょろきょろと周囲を見回していた。

たくさんの美しい天然石と、いくつもの奇妙な見た目の結晶が置かれているのが目に入った。

僕はその一つを手に取ってみた。

それはある種のプラスチックのようなものでできていた。

「それはオルゴナイトっていうのよ」

紅茶とビスケットの入ったトレイを持ったアローヤが言った。

「樹脂でできているの。1930年代にヴィルヘルム・ライヒという人物によって考案されたものよ。彼は生命エネルギーをとらえ、それを生かし、さらにそれを高めたいと考えた。そして樹脂、天然石、鉱物、鉄の削りカス、アルミニウム、それに銅線、それらの混合物を思いついたの。樹脂は固まる時に収縮するでしょ。それが圧力を生んで石にかかると、ゼロポイントエネルギー、フリーエネルギーのパワーを引き出すの。ピエゾ効果っていうんだけど」

「つまり、石のパワーが圧力によって引き出されるってこと？」

「そう。それが鉱物の効力を桁違《けたちが》いに増強させるのよ。オルゴナイトは空間を保護し、気を満たし、浄化する。そしてそれが地球のエネルギーとつながって、調和のとれた層空間を生み出すの。ライヒはそれで、病気も治しちゃったんだから。患者をオルゴナイトで埋め尽くした電話ボックスみたいな小さな部屋に入れたら、とてつもない効果があったの。でもそのせいで彼の存在は、エスタブリッシュメントたちの脅威となってしまった。ＦＢＩとＦＤＡが介入してきて、ライヒを食品医薬品法違反で告発し、法廷に告訴したのよ。彼はその訴訟に負けてしまったの。すべての機械が壊され、本は焼かれ、彼自身も2年間の禁固刑を言い渡されてしまった。そしてその獄中で亡くなったの」

「まるで、ニコラ・テスラやヴィクトル・シャウベルガー、そして時代を先取りした他の天才たちに起こったことのようだね。彼らは大抵、最後には投獄されるか貧窮《ひんきゅう》に陥るんだ。そして彼らの死後、その発見は突如消え失せる」

僕たちはすっかりくつろいでいた。

アローヤはビンキーのすべてを知りたがった。

ビンキーは自分の身の上話を掻《か》い摘《つま》んで彼女に話すと、マザー・アースとのつながりや動物や植物の世界のことなどの話をした。

二人は、深いレベルでつながっていた。

僕は彼女たちの後ろに座り、二人の話をただ聞いていた。

自然の声と生命の声に耳を傾けることによって多くを識《し》る、そんな賢い女性たちの話を。

もう何杯かお茶をごちそうになった後、僕はアローヤに、あの気になっている件について切り出してみた。

「アローヤ、僕たち体験したんだよ。このゲームから出たり入ったりできちゃった的なことをね。時には、ゲームメーカーズのような体験もした。プレイしながら同時にプレイの演出もしてる、みたいな。で、そのゲームメーカーズに興味が湧いちゃったんだ。僕たちに彼らのことをもっと教えてくれないかな？　彼らは誰なのか？　とか、実際のところ何をしているのか？　とか」

「ゲームメーカーたちは、現実を編成してるのよ。彼らは皆で集まって、ゲームをしているの。私たちがチェスのゲームをする時みたいにね。彼らがやっているゲームだけが、すべての文明の全体像の創造に携わることができるのよ。

彼らは設計図《ブループリント》を通して、それをしているの。そしてそれらの現実を生命形態として、さまざまな惑星の隅々に至るまで投入していくのよ。彼らは、それらの文明の中に自分たちのことも移植していく。形態のない状態としてね。それに彼らは、どんな形状、性質のものにでも、自分自身を重ね合わせたり、吹き込んだりすることができるのよ」

「じゃあ、彼らはゲームの内と外、その両方にいるってこと？」

「ご名答。ゲームメーカーたちがある一つの文明のために、一つの特定のブループリントを作成したとするでしょ。そのブループリントには複数の、それはもう数えきれないくらいたくさんのバージョンがあるの。それら一つ一つが様々な世界、そして様々な現実で表現されるのよ。それらの現実は互いに影響し合い、どんどんと色んな現実を生み出していく。でもそうなると、すぐに制作者の手を離れて予想外の展開に陥ってしまうでしょ。だからゲームメーカーたちは、それらすべての現実を同時進行で一気に編成しなければならないの。そしてすべてのバージョンのブループリントから学びを得る。それが彼らの仕事よ」

「そのブループリントっていうのは、どんな風に見えるものなの？」

「それはコード、ある種の言語なの。幾何学的構造、音、記号で構成されているものなのよ。それらのコードは存在のすべてのレベルに移植されていて、存在の密度ごとに様々な形でそれ自身を表現しているの。各コードはそれぞれが各々の人生を生きていて、それらは相互作用し合うことによって、どんどん別の現実を生み出していくのよ」

彼女は僕たちに、紅茶をもう一杯どうかと尋ねた。

そしてカップにお茶を注ぎながら、こう言った。

「そしてそれこそが今、私たちがしなくちゃいけないことなのよ」

「どういうこと?」

「私たちはゲームメーカーのようにならなくてはいけないってこと。自分の多次元の体験を、この地球上での人間としての形態の中に完全に顕現化させるのよ。それらの一見異なっていたり対照的だったりする現実の数々を、同時進行で操作する方法を習得していかなければならないの。ワンネスと二元性、それを両立させられるようにならなくちゃいけないの。だって、それらは同時に起きていることなんだもの。私たちは、私たちがすでに全体であることを知らなくてはいけない。そして全体性への途上にあるということも理解しなくてはいけない。それはつまり、私たちはすでに悟っていて、同時に悟りを目指しているってこと。それらの経験は矛盾しているようで、矛盾ではないの。別の現実の周波数が、同時進行で発生しているんだもの」

「それは相当な難易度だよ、アローヤ」

「ええ、そうね。じゃあ、ちょっとした秘密を教えてあげるわね。ゲームメーカーたちはどうやって、自分たちの文明がクリアできたかどうかわかるんだと思う？」

「僕たち、その正解をもう見つけてると思う。それは自分自身を認識したときに起こるんだ。ゲームの中でね」

「正解よ。それは彼らが文明の中にいる自分と、それを創造する自分を同時に体験する時。彼らは分離された自分と、統一された自分を同時に体験するの」

「私は、ホピ族のインディアンたちがそれを言い表した言い方が大好きなの」

ビンキーが言った。

「彼ら曰く、私たちは最後に気づくであろう、私たちは私たちが待ち望んでいた者であったと」

「同意《アーメン》」


ブレイジーはビンキーの足元で眠りについていた。

彼女は口から舌を垂らして、カーペットの上に涎《よだれ》を垂らしながら寝ていた。

彼女は本当に可愛すぎる！

「ああ。アローヤ、君の犬はなんて可愛いんだ。以前インドのヨギたちが教えてくれたんだけど、自分の舌が完全にリラックスしてるかどうかを考えることは不可能なんだって。ブレイジーはどう見ても、瞑想トレーニングは必要なさそうだね」

彼女はブレイジーに微笑みかけながら、言った。

「私たちは動物と一緒にいることで、多くのことを学べるわ。彼らとのつながりは、私たちの〝宇宙人〟に対する恐怖心を克服するのに役立つの。動物って私たちと同じ惑星に住んでいるけど、色んな意味で私たちとは違うのよ。それでも私たちは、彼らのことを異物とは見做さない。彼らとのコミュニケーションを学ぶことは、宇宙人とのコミュニケーションの準備にもってこいよ。実際、宇宙人って遺伝子的に、動物よりも私たちに近かったりするしね」

「私は一部の人たちが宇宙人を恐れるのも理解できるのよね」

ビンキーが言った。

「だって、グレイに拉致《らち》されて手術されたみたいな話が、山のように出回ってるじゃない」

「そうね。それは真実だしね。でもほとんどの人は、その拉致の本当の意味をわかってないんだけど。

グレイはとても興味深い種族よ。人類の進化と深く関係しているの。彼らはほぼ絶滅寸前だったんだけど、人類のサポートによって、なんとか自分たちを救うことができたのよ」

「僕たちが？　どうやって助けたっていうんだい？」

「ゼータたち——彼らはそうも呼ばれているんだけど——は、生命に対するアプローチが技術的、科学的、思考優先に偏り過ぎてしまったの。彼らは、スピリチュアリティを忘れてしまっていた。彼らのハートチャクラは、ほとんど閉じかけていた。彼らは打開策を見つけようと、私たちのことを研究し始めたの。自分たちの失われたDNAを復元できたらと考えてね。そして、愛や共感を私たちから学びたいと考えた。もう一度、感情を持てるようにね。

彼らはそれに成功し、交配プログラムはそこで打ち切りとなったわ。拉致行為も含めてね。終了したのは1996年。それらすべての特徴を併せ持つ、人類とゼータのハイブリッドが誕生した時のことよ」

「本当に？　じゃあ、その種族は今どこに住んでるの？」

「今から700年後の並行現実《パラレルリアリティ》、私たちの未来よ。彼らの惑星はとても美しいのよ。地球を含む銀河全体から色んな草木、花、動物が移植されているの。彼らは、そこまで？　っていうくらい、私たちに感謝してくれてててね。おかげで力の及ぶ限りあらゆる手を尽くして、私たちを助けようとしてくれてるのよ。彼らは私たちに深い愛情と、この役割を果たす選択をしたことへの尊敬の念を持ってくれてるの」

「彼らは僕たちを、どんな風に助けてくれているの？」

「私たちに教えてくれているのよ。大抵は夢の中でね。それに、私たちがこの惑星を爆破してしまうのを防いでくれてもいるわ。それが軍事基地周辺で多くの宇宙船が目撃されている最たる理由よ。核ミサイルが発射寸前だったのを、ゼータやその他の善意ある種族たちが阻止してくれたことだって何回かあったのよ」

僕は正直、彼女が旅の途中で出会ったという様々な異種族や存在たちのことを、信じきれているとは言えなかった。

僕にはまだ、地球外にいる他の自分とつながるなんて無理なようだ。

彼女がそれらの種族についてもっと教えてくれたら、それが何かの手助けになるかもしれない。

彼らはどんな風に見えるのか、何を食べるのか、何を着ているのか、どんな風に話すのかなどについて。

僕は様々な種族の特徴についてもう少し詳しく教えてもらえないだろうかと、彼女に尋ねてみた。

すると彼女はちょっと煮えきらないような態度になり、すぐには何も言わず、何か考え込んでいる様子だった。

そしてしばらく間を置いた後、躊躇《ためら》いがちにこう言った。

「それを知りたいっていう、あなたの気持ちはよくわかるんだけど。でも私はそれは、あなたのためにはならないと思うの。あなたの理性的な思考はそれを理解しようとしているけど、それだとそのイメージに捉《とら》われるだけになってしまう。彼らを感じること、そのほうがもっとずっと大事なことなのよ」

ビンキーも同意するように頷いた。

「じゃあ、それを感じられるようサポートしてもらえないかな?」

僕は聞いてみた。

「もちろん。ガイドすることならできるわ。高度に構造化された瞑想《メディテーション》プロセスを通して、忘れていた自己を統合させていくのよ」

「うん。すごくいいね。だろ? ビンキー?」

ビンキーはもう、目を閉じていた。

「了解。じゃあ、今から魂とコンタクトするために、数分間の黙想をします。何も見えなくても、何も感知できなくても気にしないで。それを求めさえすれば、魂はもうそこにいるのだから。ハイヤーセルフがそこにいれば、あなたはあなたの別の側面、いわゆる〝宇宙人〟のパートを呼び出すことができる。そして、魂にそれらを統合するようお願いするの。このエネルギーを吸い込みながらお願いしてみて。その未知のバイブレーションがシステムに流れ込むと、抵抗が起きるでしょう。その抵抗を抑えずにエネルギーを流すことができれば、ブロックしていたものがリリースされる。つまり浄化されるの。そして浄化されればされるほど、他の自己と統合できるようになっていくわ」

彼女はゆったりとした音楽をかけ、くつろいだ姿勢で床に座ると目を閉じた。

僕も目を閉じてみることにした。

そして家の周りで吹き荒れる風、窓枠に当たる雨、ブレイジーの軽いいびきに耳をすました。

アローヤが、囁くような声で話し始めた。

「何回か深く息を吸って。もう一回。そして、体の力を抜いて、頭を空っぽにして。自分のより高い側面と統合する準備ができている、その意志を魂に宣言して。それによってあなたの魂のエネルギーが呼び起こされ、それがブロックを取り除くための力となるわ」

しばらく深呼吸を続けていると、自分の周りにエネルギーの塊《かたまり》ができていくのが感じられた。

まるで空気がエネルギーチャージされ、そのエネルギーが溢れていくようだった。

より生き生きと、より荒々しく。

「あなたの魂が今、あなたの周りにいるわ。見えなくても心配しないで。それはあなたの魂と体の間のやり取りなのだから。頭が把握する必要はないの。今、ニュートラルな生命エネルギーが、あなたの魂のエネルギーでプログラミングされているところよ」

「さあ、その生命を吸い込んで。あなたの体のすべての細胞たちに行き渡るよう。魂は高周波なの。それを吸い込むことで、あなたの中のブロックが浮かび上がってくる。そうしていく内に、あなたの中で魂の側面と統合するための道を塞いでいるすべてのものが掻き乱され、様々な感情、たとえば恐怖心とかが高まっていくでしょう。そしたら、あなたは体のあらゆる不快感を感知して、その場所にそれを感じ取ったってことを伝えてあげて。そしてそこに、あなたの魂のエネルギーを吹き込んであげて」

深く息を吸うと、頭がくらくらしてきた。

それは感情をも湧き上がらせていった。

そしてその感情への抵抗も。

体が少し震えている。

体がダルくなって、吐き気がしてきた。

それになんだか、やけに欠伸《あくび》が出た。

「あなたのその感情の一つ一つに、それぞれの望むやり方で浄化させてあげて。それがどんな形であっても。

あなたは泣き出すかもしれないし、息を吸い過ぎたり、体を揺らしたり、震え出したり、げっぷをしたりするかもしれないけど……ただそうさせてあげて。それは、それぞれの側面に関連する問題を浮上させ、浄化していく。そしてあなたを奥深くまで誘《いざな》ってくれるわ」

涙が溢れ出した。

体が時々ぞくっとしたかと思うと、背骨の下の方が高速回転しだした。

「統合への道を塞いでいたものの数々が浄化されていくに従い、あなたはより鎮静化した自分を感じられるようになり、呼吸も規則的になっていくでしょう。それが起きているのを自分自身で感じる？　あなたは今、統合しているのよ。ただ、それが起きるままにさせてあげて」


僕たちは沈黙の中で、ただ座っていた。

しばらくすると、意識が完全に空白になった。

自分の姿勢が変化していっているのがわかった。

すごく正しい姿勢で、背筋を真っ直ぐに、胸を突き出し、お腹を引っ込め、肩を一直線に。

後方に引っ張られていく感じがしたかと思うと、尻尾が揺れ、たてがみが生えてくるような感触があった。

僕は今、猫の存在とコンタクトしているんだ。

すると、ある異変が起きた。

ブレイジーが目を覚まし、僕に向かって唸《うな》り出したのだ。

僕は大きな金茶色の目で彼女を睨みつけると、軽く唸った。

ブレイジーは悲鳴を上げ、まるで僕の内側から発散される大きな力に屈服するかのように、カーペットの上に頭《こうべ》を垂れた。

僕は信じられないほど自信に満ち、力が漲《みなぎ》っていた。

自分の心が、とても大きく感じられた。

まるで、太陽がその中で光り輝いているのかと感じるほどに。

僕こそが中心だ。

永遠にそこに座っていられる気がした。

遠くでアローヤの声がしている。

「はい、毛布と枕。トイレは二階ね。じゃあ、遠慮しないでくつろいで。私はもう寝るから。じゃあ、また明日ね！」

16　チョコレート

〝私は、すべての宇宙工学に従事する技術者に課せられた守秘義務の中、何年もの間、その秘密を胸に生きてきました。今、ようやくそれを白日の元に晒《さら》すことができます。アメリカ合衆国で、毎日、私たちのレーダー機器が未知の形状や組成で構成された物体を捕らえているということを。そして、それらを証明する数千に及ぶ目撃証言と大量の文書があるということを。にもかかわらず、それらを公表しようと考える者はいませんでした。なぜか？　権力者たちは、人々がそれを──神のみぞ知る──恐ろしい侵略者のようなものだと考えてしまうことを恐れているのです。だから未だに、合言葉は〝なんとしてもパニックは避けねば〟のままなのです。〟

ゴードン・クーパー　元ＮＡＳＡ宇宙飛行士、航空宇宙エンジニア、テストパイロット

翌朝。
僕たちは少し遠出をして、浜辺を散歩した。

雨はもう止んでいた。

淡い太陽が顔を覗かせ、潮風が頬に心地よかった。

こんな天気のいい日には、ここからわずか数マイルのところにルシファーの棲家（アローヤ曰《いわ》く）があると想像するのは難しかった。

昨日の夜の、アローヤのソファでの体験の余韻がまだ残っている。

どういうわけだか、僕は第6密度の僕である猫に居座られてしまったようだ。

それは異質なもののようでもあり、慣れ親しんだもののようでもあった。

言葉通りに猫に変身してしまう、というわけではない。

ただ、自分の上位バージョンの機能にアクセスできるようになったという感じだ。

それは実際になるというよりも、ある種の感覚だった。

アローヤが、宇宙人の見た目の特徴について詳しく説明したくないと言っていた理由がよくわかった。

それを彼女に伝えると、彼女は
「わかってもらえたなんて、うれしい」

と言った。

「私、この8ヶ月の間に、かなりのシフトを経験したの。自分のプログラムをとことんまでスクリーニングしていって、自分が今まで持っていた宇宙、距離、時間、空問っていうようなものに対する考え方の多くが誤りだったってことに気がついたの。以前はそれらのことを、まだ３Ｄの観点から見ていたのね。昨日あなたが聞いた、宇宙人はどう見えるか？　っていう質問は３Ｄの問題でしょ。私はもう、その手の質問には答えたくないのよ」

「うん。すごくよくわかるよ」

「宇宙人がどう見えるかなんて、どうでもいいことなのよ。彼らはスピリットなんだもの。彼らが姿を現す時、彼らは私たちが持つ、物語や神話などのイメージを纏っているのよ。私たちは彼らのことを、彼らの在り方としてではなく、私たちの在り方として見てしまっているの。それらの存在は３Ｄには存在してないでしょ。だから彼らは私たちが理解できるよう、私たちが何か関連付けられる形で私たちの前に姿を現すのよ。

昔の人は彼らのことをエルフ、神々、それか天使なんて呼んでいた。それを今、私たちは、ＥＴだのエイリアンだのって呼んでいるのよ。

気づいてた？　アメリカ発のチャネリング情報は、かなりの割合でヨーロッパ発のものとは異なってるって。アメリカ発のものって、銀色の宇宙服を着た銀河連邦、ジャイアント・マザーシップ、アセンデッド・マスターみたいなものばっかりでしょ。なんかもう、スタートレックの見過ぎじゃない？　って感じよね」

「あはは。けっこう的を射てるね」

「でも、それって別に、その人たちが故意に情報を歪曲してるっていうわけじゃないのよね。しょうがないのよ。私たちは自分たちが持つフィルターを通してでしか、チャネリングした情報を認識することができないんだもの。だから、スタートレックやスター・ウォーズばかり見ていたら、彼らがそういう形で現れてくるっていうのは、ごく自然なことなの。思考がギャップを埋めようと補正してしまうのよ。私たちは自分たち独自の概念で、受け取った情報を粉飾してしまうの」

「それを聞けてよかった。僕は君が、自分が真実だと思っていたコンセプトを手放すことができたっていうことが、とても立派だと思う。僕にとってそれこそが、真の探求者や科学者の証と言えるものだよ。常に前進し、〝真実〟にとらわれないということが。

僕は〝我こそ真実なり〟って感じのスピリチュアル指導者たちに頻繁に出くわすんだけど、そういう人たちの大半は融通が利かないというか、ぶっちゃけ、つまんないんだよね。そういう人たちって、自分の意識の限界、つまり自分を縛っている概念や、それが何に由来したものかっていうことに気がついていないだけって感じがしちゃうんだ」

「そんな風にちゃんと理解してくれてるなんて、本当にうれしい！　だって、それはいつもすごく奇妙なんだもの。一つの現実を手放して、別の現実に飛び込んでいくっていうのはね。しばらくは、なんだか宙ぶらりんなの」


その数時間後。

僕たちは、家路に着くための機上にあった。

僕はそこで新聞を手に取った。

政治経済についての記事に隈《くま》なく目を通し、スポーツ欄の記事をいくつか読んだ後、僕の目は看過できない見出しに釘付けになった。

「チョコレートが枯渇の事態」

記事を読むと、こう書かれていた。

『専門家筋によりますと、カカオが気候変動によって30年以内に絶滅してしまう恐れがあるとのことです。

カカオの木は、赤道から南北に最大緯度20度までの範囲に広がるココア・ベルトと呼ばれる狭い帯状域に多く生息し、カカオ豆の栽培には、年間を通して温暖または高温で、高湿度、降雨量の多い地域が最も適していると言われていますが、近年の気候変動に伴い、ココア・ベルトの大幅な縮小が予想されています。チョコレートを食べる習慣のある人々が年間に食べるチョコレートの量は、一人当たり、年平均で

286本のチョコレートバーに匹敵する量だと言われており、それには10本のカカオの木が必要な計算になりますが、30年以内に世界のチョコレート需要を満たす生産量の維持は難しくなるだろうと専門家たちは予測しています』

新聞を置いてビンキーのほうを見ると、彼女は幸せそうに眠っていた。

神よ、彼女にご加護を。

彼女には、この悪い知らせのことはもう少し知らないままでいさせてあげよう。

僕は窓の外を見た。

実際、これは実に由々しき問題だ。

僕の友人の冷蔵庫には〝地球を救え。チョコレートがあるのはこの惑星だけ〟というマグネットが貼ってある。

もしかして、あれは本当なのか。

その時、あるアイデアがひらめいた。

本当にチョコレートがあるのがこの地球だけだとしたら、これは地球を救うことにすべての種族が賛同し得る案件なのではないだろうか?

そして彼らのその尽力は、僕たちが同じ方向に向かうための後押しとなってくれるのではないだろうか?

スキポール空港のゲートを抜け、オランダの反対側にいる両親の元へ行くというビンキーにそこでお別れを言うと、僕は空港の地下にある鉄道駅に向かった。

その途中、キオスク、薬局、スーパー、パン屋、レストラン、コーヒーショップの前を通り過ぎながら、僕はふと気がついた。

そのどの店にも、チョコレートが置いてあるということに。

チョコレートがない世界なんて、考えられるわけがない。

本当にチョコレートがあるのは地球だけなんだろうか？

それをタイムベンダーに聞けたらいいのに、と僕は思った。

「お呼びでしょうか、ご主人様？」

「タイムベンダー！　ちょうど今、あなたのことを考えていたんですよ」

「あなたのテレパシー能力は、ずいぶんと向上されましたね。ごきげんいかがですか？　我が友よ」

「それがあんまり。ちょうど、2050年までに地球上からチョコレートがなくなってしまうっていう記事を読んだばかりなんですよ。カカオ豆が気候変動のせいで絶滅してしまうんだそうです」

「そうですか。確かに、それはとても悪いニュースですね」

「チョコレートがある惑星が他にもないか、あなたはご存じじゃありませんか？　それとも、本当にここだけにしかないんですか？」

「残念ながら、チョコレートは本当に地球にしかありません」

「……そうか、やっとわかったぞ。あの幾多の銀河戦争の本当の意味が。そしてなぜ皆が、リヴィング・ライブラリーを救いたがってるのかが。これで、すべて辻褄が合う！」

彼は僕の冗談に笑ってみせると、僕を正面出口のほうへと促《うなが》した。

回転ドアのすぐ向かいに、とても未来的でスタイリッシュなリムジンのような乗り物が見えた。

今までに見たこともないようなデザインだった。

それはアクアブルーのような色をしていて、その塗料がまるで本当の水のように光を反射させていた。

そして、その色を刻々と変化させ続けていた。

本当にうっとりするような美しさだった。

「プレアデスの友人たちからのプレゼントです」

僕を未来の乗り物に案内しながらタイムベンダーが言った。

「でも、タイムベンダー、ここは駐車禁止のはずですよね？」

「はい。でもこの車に気がつける人はそれほど多くはないでしょう。これは４Ｄの視点からでないと見えませんから」
「ええ？　じゃあ僕たちは今、４Ｄの世界にいるんですか？」
「はい。一時的に。あなたを目的地にお連れするまでの間だけ」
僕は辺りを見渡した。
すると、景色が変わっていることに気がついた。
空港はまだあったし、人々もまだそこにいた。
でも、どことなく雰囲気が違っていた。
日常的な営みの中に、安らぎと気楽さがあった。
人々は互いに微笑み合い、目障りな広告も消えていた。
なんだか空模様まで違って見えた。
車に乗り込むと、タイムベンダーは慣れた調子で車を操縦し始めた。
そして車は、アムステルダム方面に向かう高速道路のレーンに入っていった。
車体からは全く音がしなかった。
それにどうやら、この車はハンドル操作が要らないらしい。
アクセルペダルも、クラッチも、ブレーキもない。
まるで、何もせずに動いているみたいだった。
街の近郊まで来て、僕は車が僕の家ではなく街の中心部に向かっていることに気がついた。

「どこへ行こうっていうんですか、タイムベンダー？」

「ノールデル・マルクトにあなたをお連れして、アップルパイをご馳走したいと思いまして。アローヤをご紹介させて頂いた日に顔を出さなかったことへの埋め合わせをさせて頂かなくてはいけませんので」

「やった！」

その日のアムステルダムは、やけに美しかった。

街全体が午後の日差しにきらめいていた。

運河が旧《ふる》い建物に陽の光をキラキラと反射させ、この街独自の風景を描き出していた。

僕はそのすべての奇跡に打ち震えた。

人々の生命が織りなす、内在的な何かが見えた。

それはあらゆるものに浸透し、絶え間なく変化する幻想的な光景を生み出していた。

これはきっと、今かけている４Ｄメガネのせいに違いない。

ノールデル・マルクトは、人々で賑《にぎ》わっていた。

ここは地場製品が並ぶ市場だ。

おいしいパン、チーズ、野菜。

それに古着、骨董品、本、レコードなども売っている。

タイムベンダーは陽の当たるテーブルをテラス席に見つけ、ウェイトレスに紅茶とアップルパイを注文した。

そのウェイトレスは、とても魅力的な女性だった。

彼女はアナを彷彿《ほうふつ》とさせた。

黒く乱れた巻き毛、燃えるような瞳、情熱的な笑顔、そして誇り高い落ち着き。

彼女の話す英語には、スペイン語のアクセントがあった。

僕は彼女に、スペイン出身なのかと尋ねてみた。

「いいえ。カタルーニャ人よ」

「それは、スペインの一地方では？」

タイムベンダーが礼儀正しい口調で、彼女にそう尋ねた。

彼女は軽蔑を隠しきれないといった眼差しで彼を一瞥すると、闘牛場で戦闘体勢に入った雄牛のように頭を振りかぶった。

僕は慌てて、そこに割って入った。

「申し訳ありません。友人の無礼を許してやって下さい。彼は違う惑星の出身なんですよ。だから、カタルーニャの誇り高き独立独歩な人々のことを知らないんです。

数々の英雄がいるっていうのにね。サルバドール・ダリとか、あとは……ヨハン・クライフ（訳注・オランダサッカー界の英雄。70年代にFCバルセロナで活躍。チームの躍進はカタルーニャ独立運動の機運を高め、その象徴的存在となった）とか」

彼女が笑った。

そして自分の太ももを僕の腕に押し付けながら、こう言った。

「少なくとも、あなたはわかってるようね。青い目のカタルーニャ人さん」

その時の僕は、ものすごく呆気に取られた顔をしていたに違いない。なぜなら、タイムベンダーが僕のばかげた言い回しに苦笑しつつ、こう言ったからだ。

「4Dの世界でのシンクロニシティに、いちいち驚いていてはいけません。それはあなた方が慣れ親しんでいるものよりも、もっと不可思議で、論理性にかけるものなのです。慣れることです。楽しいものですよ！」

彼はアップルパイを一口、口に入れると、感嘆の息を漏らした。

僕たちは無言で食べ続けながら、目の前で繰り広げられる光景を楽しんでいた。

彼の車がちょっとした注目を集め出していたのだ。

でも誰もが気がついているという訳ではないので、ちょっとおかしなことになっていた。

数分後。

タイムベンダーが神妙な面持ちで僕のことをじっと見つめながら、こう言った。

「我が友よ。これが、私たちの最後のミーティングとなります。時間の窓は閉じようとしています」

僕はガックリと肩を落とした。

「本当に？　二度と会えないんですか？」

「もちろん、また会えます。しかしその時は、〝違う形〟でお会いすることになるでしょう。心配はいりません。あなたは大丈夫です。ただ、ここを去る前に、あなたにお伝えしておかなければならないことがまだあるのです。それは恐らく、あなたが受け入れなくてはならない、あなたの過去の最も重要な側面と言えるでしょう」

「それが何なのか、すごく知りたいです」

「わかりました。その昔、あなたの元に最初の宇宙人が訪ねてきた時のこと。当時のあなたは、まだ幼種でしたね。あなたは、ほんの子供でした。その頃のあなたがあなたの前に現れた存在たちと築いた関係は、親子関係のようなものでした。これはそれと同じ力学のお話です。古来の教えでは、人は己の人格を確立する前に自分の親の真実と向き合わねばならぬ、と言われています。なぜ自分の親はそうであったのか、そしてそのことが自分が誰であるかということにどう影響したのかということを学ばなければならないのです」

「あなたは人類にグループセラピーを推奨しているんですか？」

「私は、すでにそれは起きていると考えています。地球《ガイア》の周波数が上昇するにつれ、あなた方の心の周波数も上昇しています。その周波数とズレているものは何であれ、すべて表面化していくことになります。それ故、現在多くの闇が炙《あぶ》り出されているのです。それらは見られ、感じられ、理解され、そして対処されなければならないのです」

「で、僕たちは自分の両親の何を知らなければならないんですか？」

「残念ながら、あなた方のほとんどは〝親〟に育《はぐく》んでもらうことができませんでした。その代わりに往々にして支配、抑圧、放棄されてきた。あなた方は己《おの》のアイデンティティの開発を奨励してもらえず、彼らの多くはただ、彼らがあなた方にそうなって欲しいと望んでいた型にあなた方を嵌《は》めようとしただけでした。それが多くのストレス、不安、感情的苦痛を生み出しました」

「あなたは僕たちが皆、トラウマを負っていると言いたいんですか？」

「私が言わんとしているのは、まさしくそれです。あなた方は迷える子羊の集団、恐るべき子供たち、そして〝親〟の機能不全パターンのコピーです。あなた方は今、自分の〝親〟が誰であったのかという問題に真正面から向き合わねばなりません。あなたの〝親〟が誰であったかによって、あなたは〝あなた〟になった、それを受け入れるのです。それができて初めて、あなた方は種《しゅ》としての自己形成を達成することができる。そしてようやくそこで、安らぎを見出すことができるでしょう」

「どうやって、それを受け入れるんですか？」

「あなたの権威主義者を許すのです。支配的なリラ人の父親を。過干渉で境界を踏み越えてくるシリウス人の母親を愛するのです。兄貴、姉貴ヅラしたお節介なプレアデス星団の兄や姉たちに感謝するのです。先祖である冷淡で搾取的なアヌンナキに敬意を表し、そして祖父母である無慈悲で暴力的なドラコニアンたちに頭《こうべ》を垂れるのです」

「それには、かなりの博愛精神が要求されますね、タイムベンダー。彼らの多くは僕たちを酷使し、放棄した。家畜や抵当物のように扱い、僕たちの種《しゅ》全体を根絶やしにしようとさえしたんですよ」

「確かにその通りです。しかし、あなたはまだ〝彼らがあなたに何かをした〟と思っている。あなたは今〝誰もあなたに何もしていない〟ということを理解しなければなりません。

あなたが、そのシナリオを作ったのです。これは、あなたのゲームなのです。

あなたは被害者だったのではありません。出来事があなたに起きたのではないのです。あなたが出来事を起こした。あなたがあなたの思考、信念、感情、そして行動によって、あなたの人生における体験を引き寄せたのです。苦しい現実を永続化させてしまうただ一つの理由、それは、あなたがそれを自分のものであると認識していないからなのです。あなたは今、あなたの体験すべてが完全に自分のものであると認識することを学ばなければなりません」

僕は彼の言葉をじっくりと考えてみた。

そして次の、もしかしたら最後の任務についても。

次の任務は、どうやら赦《ゆる》しがメインテーマらしい。

僕は、真の意味で〝許す〟ということができるのは、物事を最も大局的な視点、つまりゲームメーカーズの視点から見ている時だけだ、ということに気がついた。

すべては、理由があって起こる。

そして、そのすべては自分が仕組んだのだ。

加害者なんていない。

そして被害者も。

すべては完璧であり、計画どおりに進行している。

僕たちは、皆で一緒にそのシナリオを書いている。

僕たちは皆、それに合意のサインをした。

そして僕たちは皆、その中にいる。

そしてまた、自分が事実〝自分の両親である〟ということを理解し〝感じ〟なければならない。

彼らの争いは、僕の中の争いだ。

僕たちが取り組んでいる地球上のすべてのテーマは、〝古き神々〟のテーマだったものだ。

僕たち、種《しゅ》としての僕たちは、自らそれらを引き受けることを志願したのだ。

その痛みを解消し、過去を許し、僕たち全員が明るいほうの未来へ行くための道を見出すために。

宇宙で一番高密度で、誰もが出来の悪い未開人だと見下していた種族が実は皆の救世主だったなんて、傑作だと思わないか?

この窮地を救うのは、驚異的テクノロジーを有する超高度に進化した生命体ではなく、たった一つの武器を意のままに操ることができる人類だった。

たった一つの、愛する心という武器を。

僕の任務完了を可能にするであろう、もう一つの大事なこと。

それは、このことに気づくことだ。

たとえ様々な種族たちが僕たちの普遍的権利を侵害してきたのだとしても、彼らは僕たちのことを様々な方法で助けてもくれていた。

そして、今でも助けてくれている。

今まで見えていた以上に。

僕たちは抑圧され、見捨てられただけじゃない。

育まれ、感化され、愛され、そして護られてきたのだ。

両親や祖父母との関係の中には、彼らのおかげだったと言えることもあったはずだ。

ヘソを曲げて、殻に閉じ籠もってしまうようなことだけではなく。

タイムベンダーの車は今や、注目の的となっていた。

周囲に小さな人だかりができ、皆で、これは一体何なんだ？　と熱論を繰り広げていた。

それ以外の人々は、その乗り物には見向きもせず、通り過ぎていった。

何を大騒ぎしているのかと、訝《いぶか》しみながら。

それらの異なる現実が同時に起こっているのを目《ま》の当たりにするのは、なんだか変な気分だった。

タイムベンダーには、こうなることは予めわかっていたようだった。

そして、彼が僕のほうを向いた。

最後の言葉を言うために。

「あなたは、これらすべての出来事について本を書くことになります。もうご自分でもわかっていらっしゃる。そうでしょう？」

「は？　えっ？　いや、僕、本当にそういうの全然向いてないですよ、タイムベンダー。自分でも、ほとんどのことが理解できていないんですから。こういうことには疎《うと》過ぎて、聞くことすべてに絶えず混乱させられているんです。時々、本当は全部自分が頭の中で作り上げた話なんじゃないか、自分は頭がおかしくなってるんじゃないかって思うことさえあるんですよ」

「だからこそ、あなたはそれをするのにふさわしいのです、我が友よ。あなたにはビギナー精神がある。そして偏見がない。この言い方がお気に触ったら申し訳ないのですが、あなたは〝頭の悪そうな質問〟をする技術《アート》を持っているのです」

「お褒め頂いて光栄です。でも、タイムベンダー、あなただってご存じのはずだ。その手の話は、この地球上では本当にぶっ飛んだ話なんです。多くの人にとっては、今でもショッキングで、すべてを覆《くつがえ》してしまうような話なんです。もし誰かが宇宙人について話し始めたら、アイツは頭がおかしくなったって思われるだけです。陰謀論者呼ばわりされるか、鉄格子のある部屋に閉じ込められることになるでしょう。そんな立場になりたいかって聞かれたら、僕には何とも言えません」

「あなたの次の任務には、物事を個人的なものとして捉えないことを学ぶということが含まれています」

「そんなこと、どうやったらできるんですか？」

「個人的なものとしないことによってです。ただあなたの役目を果たすのです。そして心を込めて書くのです。あなたの体験を、皆と共有するのです。誰かを説き伏せようとしなくてもいいのです。もし誰かがあなたを攻撃してきたとしたら、それはあなたに理由があるからではなく、彼らの問題なのです。ジャッジというのは、ジャッジされた者の多くを語らず、ジャッジする者のすべてを語る。それを忘れないで下さい」

「でもあまりにも突飛《とっぴ》過ぎて、そんな話、誰も信じやしませんよ。普通のＳＦ小説よりアヤしい話なんですから」

「ならば、それを小説、架空の物語として書かれればいいのでは？」

「うーん。確かに悪くないアイデアですね。そうだな、それならいけるかも……」

　タイムベンダーが椅子から立ち上がった。

　そして僕のほうを向いて、手を差し出した。

最後のお別れだ。

「地球《ガイア》に代わって、あなたのご協力に御礼申し上げます」

彼は笑って、こう付け加えた。

「彼女は今でも、あなたのことをセクシーだと思っておいでですよ」

僕は笑顔を返そうとした。

でも、それはとても切ない笑顔になってしまった。

「あなたに会えなくなってしまうのは寂しいです、タイムベンダー。あなたが僕の人生にもたらしてくれたものすべてに感謝しています。それしか言葉が見つかりません」

「あなたが言葉を見つけてくれることを願っています、我が友よ。もう一度言います。あなたはその本を書くのです」

そして、タイムベンダーは宇宙船のほうへと去って行った。

その最後の言葉を残して。

人々は、彼があの車に乗り込むのを、ただ黙って見守っていた。

そしてそれは、音も立てずに遥か彼方へと消え去っていった。

風景の色が徐々に色褪せていく。

4Dの雰囲気が少しずつ消えかけていた。

僕はなんだか一人ぼっちになってしまったような気がして、しばらくぼんやりと佇《たたず》んでいた。

タイムベンダーなしで、どうすればいいんだ？

どうやって任務を達成しろって言うんだ？

でも心の奥のほうで、これが終わりではないとわかっていた。

これは、ほんの序章にしか過ぎない。

失われたスターコードを探し出し、リヴィング・ライブラリーをアクティベートし、チョコレートがある唯一の惑星を救う。

僕の冒険の旅は、まだ始まったばかりだ。

タイムベンダーには、いつかきっとまた会える。

僕はそれを知っている。

いつの日か、銀河の何処《どこ》かで、何かの形態《かたち》で。

僕は小さくため息をつき、あのカタルーニャ人ウェイトレスに紅茶をもう一杯注文すると、スーツケースを開け、ラップトップを取り出した。

そして、書き始めた。

〝ニューヨークのある暑い夏の夜。ジョン・レノンは、少し外の空気が吸いたくなった……〟


（終）

―〝最後はすべてOKさ。そうでないなら、まだ終わってないってことさ。〟

ジョン・レノン

この本は、地球上に存在する、もしくはそこには存在していない多くの存在たちの言葉の数々によって書かれています。

僭越《せんえつ》ながら、彼らの言葉の一部を僕の独断で改変した上で引用、及び登場人物のキャラクター考証に役立たせて頂きました。

彼らのインスピレーションに感謝するとともに、この本を読んで下さった皆様が彼らの作品に親しむ一助になれたらと願ってやみません。

主な引用元：

Alloya Huckfield:
http://www.alloya.com

The law of one:
https://www.lawofone.info

Wes Penre:
http://wespenre.com

Barbara Marciniak:
https://www.pleiadians.com

Noel Huntley:
http://www.nhbeyondduality.org.uk

Montalk:
http://montalk.net

Bashar:
http://www.bashar.org

Lyssa Royal, Keith Priest:
http://www.lyssaroyal.net

Almine:
https://www.spiritualjourneys.com

Dolores Cannon:
https://www.dolorescannon.com

Alba Weinman:
https://www.albaweinman.com

謝辞

タイムベンダー　あなたの類い稀なるインスピレーションに
アローヤ　僕にとっての未知の領域をガイドしてくれたことに
ヒドゥンハンド＆ルシファー　あなた方の自己犠牲精神と献身に
ワラヤ、サーシャ、レイアン　未来を示してくれたことに
ガイア　あなたのセクシーな愛と驚異的な懐の深さに
ゲームメーカーズ　この素晴らしい世界を作ってくれたことに
ビンキー　この冒険を僕と共に歩んでくれていることに
ヴェンデラ　率直な意見と励ましに
ユノ　すべてを通して、永遠に友でいてくれていることに
ポール　君のインスピレーションとこの本の校正に
すべての人類　あなた方の勇気と愛の心に
心からの感謝を送ります。
僕たちが変容できることを、そして〝約束された宇宙の未来〟になれることを、心から祈っています。

あとがき

ある暑い夏の夜。ビートルズのボーカル、ジョン・レノンが、ＵＦＯを目撃するという〝奇妙な〟場面から物語は幕を開けます。そしてあの１９８０年12月8日の翌朝、この稀代のスターが暗殺されたというニュースが世界中を駆け巡ると、小説世界と実在の人物や事件とが混然一体としながら、主人公である「僕」の目線から物語の続きが語られていきます。

映画音楽を手掛け、各地をツアーでまわるミュージシャンの「僕」は、テーマ曲を書いた映画のプレミア上映会に出席した際、大勢の記者とカメラマンたちに囲まれ、ジョン・レノンの死についてコメントを求められました。自分に向かって容赦なく浴びせられる大量のフラッシュと、「一つの時代が終わった気がします。夢は過ぎ去った。それが今の気持ちです」と返す「僕」。人生の大半をセレブリティとしての華やかな人生に捧げたジョン・レノンは、ひょっとしたらその名声ゲームに疲れきっていたのかもしれない——そう今の自分と彼とがオーバーラップした瞬間、「僕」の前に一人の年配の紳士が現れます。紳士の名前はタイムベンダー。タイムベンダーは、偉大な〝母〟である地球が現在直面している危機と、それを乗り越えるために地球が必要としているさらなる光について説明した後、「僕」に向かって、光の輪をつくるよう告げるのです。主人公の魂が目覚め、成長し、多くの人々に光を灯していく存在となること。それが、地球の光を強め、次の次元へと上昇するために必要なのだと。

タイムベンダーは主人公をサポートするために、様々な方法を用いて「僕」にサインを送ります。飛行機で隣の席に座った男性との会話に、あるいは街に突如現れた巨大な看板に。こうしたサインによってオランダのアムステルダム、カタルーニャ、インド、アメリカ、コロンビアと、目まぐるしく舞台を変えながら、「僕」は新たなメンター（師匠）との出会いや不可思議な体験を通して、「本当の自分」を思い出していくのです。

本書の著者であるＴｉｊｎ Ｔｏｕｂｅｒ氏が現在の瞑想家としてのキャリアを築くまでは、オランダ国内で人気のバンドを率いていたミュージシャンであり、いわばセレブリティとして知られていました。そして物語の主人公と同じように、Ｔｉｊｎ氏は何百もの人たちと瞑想会や黙とうを行っています。心の平和へと人々を導く〝静かな試み〟は、タイムベンダーの願いであった光の輪そのものです。

そう、この物語の「僕」は著者Ｔｉｊｎ氏の人生とそのまま重なるわけですが、私が注目するのは、本書には「僕」の名前が登場しない、という点です。「僕」の前に現れる人物たちは彼を「あなた」と呼び、徹底して「個」であることを表現しません。あくまで私の想像に過ぎませんが、おそらくT・i・j・n氏が意図したのは、本書に描かれているのは「僕の」物語であり、同時に読者である「あなたの」物語でもある、ということなのだと思います。

この美しい小説が日本で翻訳出版されるにいたった経緯の中にも、「私たちの」物語があります。

本書を翻訳したオランダ在住の岩田七生美さんは、ひょんなことから出会ったT・i・j・n氏がこの本を日本でも出版したがっているのを知り、（なぜか）本人の前で「私がやります」と宣言したそうです。そして、未経験にも関わらず翻訳を担当。出版業界の知識もゼロという状態から、日本の出版社に翻訳原稿を送り、最終的にご縁があった扶桑社からこうして形になったというのです。さらに岩田さんは本書を日本の読者たちに広めようと、私のことを見つけてくださいました。「アムステルダム在住歴があり」「スピリチュアルにも造詣が深い」ということで、このあとがきと帯の推薦文を書くという大役をオファーしてくださったのです。もっと適任がいるんじゃないか？　と最初こそ考えた私ですが、出版前の原稿をひと晩で一気読みした直後、ぜひやろうと腹をくくりました。もし、本書で書かれているような〝見えない存在たち〟がこの世界にいて、地球と、地球に生きる人間たちの光を増やすことを望んでいるのなら。著者のTiijn氏からはじまった物語のバトンを世界中に広げていく一端として、きっと私も望まれている、そう思うに至ったのです。「ひょっとして、これもタイムベンダーのしわざ?」なんて、遊び心をもって「わたしの」物語としてとらえています。

主人公がサルバドール・ダリの邸宅で音楽を演奏するシーンは、本書随一の美しい場面として、私のお気に入りです。あなたもぜひ、この不思議な世界を何度でも味わってください。そして、唯一無二の「あなたの」物語が、かけがえのないあなたの人生を通して表現されていきますように。

安藤美冬（作家）

著者　Tijn Touber　タイン・トゥーバー

1960年生まれ。ミュージシャン、作家、メディテイター。

80年代から90年代にかけて、バンド、ロイス・レーンのプロデューサー兼ギタリストとして活躍。彼らのバンドはオランダで高い人気を博し、デビューアルバムはオランダでは異例の10万枚以上の売り上げを記録。

その後自己探求の道に入り、執筆活動を開始。Ode、Happinezなど、オランダの多くの雑誌で連載を持つ。警察、軍隊、病院、刑務所など、多数の公的機関が彼にメディテーションや講演会を依頼し、全警官の30%が彼の瞑想クラスを受けた計算になる。多くの著作があり、最初の著作“Crashcourse Enlightenment”は、3万部を記録。

3冊目の著書“Cities of Light”では、瞑想の社会的側面について語っている。この本の結果として生まれた瞑想ネットワークは多くの国に広がり、オランダ国内では約800ヵ所、毎週同時刻に開催され、世界最大の瞑想ネットワークの一つとなっている。

Photo Tijn: Frank Berkhout

タイムベンダー　時を歪める者

発行日 2024年3月1日　初版第1刷発行

著　者　　タイン・トゥーバー
訳　者　　岩田七生美
発行者　　小池英彦
発行所　　株式会社 扶桑社
〒105-8070 東京都港区芝浦1-1-1 浜松町ビルディング
電話 03-6368-8887（編集）03-6368-8891（郵便室）
www.fusosha.co.jp

印刷・製本　タイヘイ株式会社　印刷事業部
ブック・デザイン 小栗山雄司　DTP制作　生田敦

TIME BENDER The Man Who Came to Save the Earth
by Tijn Touber

Printed in Japan
ISBN 978-4-594-09694-6　C0097